用務員さんは勇者じゃありませんので
1
Tanaka Zinpei
棚花尋平

支部蔵人《はせべくらんど》
（クランド）
雪白《ゆきしろ》
藤城明里《ふじしろあかり》
（アカリ・フジシロ）

マクシーム・ダール
イライダ・バーギン
ザウル・ドミトール・ブラゴイ
ヤコフ・セルゲリー・マイゼール

蔵人はドロドロに溶けてきたそれを
ナイフでさっとかき回してから、
ひと掬いしたものを指につけ、
息で冷まし仔魔獣の口元に運んだ。
チューチューと吸い出す仔魔獣。
まだ乳飲み子のようだ。
蔵人はそれを幾度も繰り返した。

用務員さんは勇者じゃありませんので 1

目次

序章　拉致と強奪の果てに

――市立桜ケ丘高等学校の用務員、支部《はせべ》蔵人《くらんど》が召喚されたのは、文化祭で出たゴミの処理を校舎裏でしていたときのことだった。

ちょうどクラスのゴミを運んできた生徒たちとそれを引率していた教師数名と共に……。


一瞬で、世界が光に覆い尽くされた。

そう誤解してもおかしくないほどの爆発的な閃光《せんこう》の直後、高所から飛び降りたときの、内臓が持ち上げられるような不快感に襲われる。しかし瞼《まぶた》を突き刺すような光も、内臓に感じた不快感も、すぐに消えた。

ふと感じた人の気配に安堵《あんど》し、蔵人はうっすらと瞼を開いて視線を巡らせる。

生徒たちがざわざわとし始め、何人かの教師が動揺しながらもそれをなだめていた。奇声や嘆きの声が早くもあがり始めていた。

ここはどこなんだ――と。

なぜこんなところに――と。

帰してくれ――と。

『お聞きなさい、世界の狭間《はざま》に漂う者たちよ』


脳内に声とおぼしきものが響いた。

不思議と落ち着く、絶対の母性とでもいうべきなにか。

それはその場の者たちすべてに届き、奇声や叫び、ざわつきさえも収めさせた。


『残念ながら貴方《あなた》たちは、召喚されてしまいました』

不思議と言葉そのものはすっと理解できた。

理解できたが、その意味がわからない。


『ここではない別の世界で、その世界には存在しない世界間召喚を、才溢《あふ》れる未熟な者が戯れに行い、奇跡的な偶然で成功させてしまいました』

「ふざけるなっ、私たちを元の世界に返せっ！」

一年Aクラスの体育教師が怒鳴り声をあげる。

それを皮切りに生徒たちも次々と声をあげ始めた。


『地球はすでに私の管理下になく、あちらの世界も私の管理するところではありません。ゆえに、私には貴方たちを地球に返すことはできません。今こうしていられるのは、今の貴方たちが誰の管理下にもないからです』

その言葉に生徒たちは息をのんだ。

さらに体育教師が何か言おうとしたが、脳内に響く声がそれを遮った。

『これから貴方たちの降り立つ世界は、日本のように平和ではありません。人も、そしてそれ以外も、種として貴方たちより遥《はる》かに強力な力を持っています』

その優しくも厳しい、まるで幼子を叱《しか》る母親のような声に誰もが声を詰まらせる。

『あちらの世界で貴方たちはあまりにも無力なのです。命の精を宿してもおらず、それに耐えうる身体も持たず、それを生かす言葉も知らないのですから』

だがまるで召喚者たちの不安な様子を察したかのように、声は一転して柔らかなものとなった。

『そんな場所に貴方たちを放り込むのは、あまりにも忍びなく思うのです。ですから貴方たちに最低限の力を授けましょう。まず、言葉と、適応できる身体を――』

全員が青く光る。

『そして、その身を、仲間を守る剣《ちから》を――』

白くボゥとした光をたたえた剣や十字架にも似た何かが、ひとりひとりの前に浮かび上がった。

全員が警戒することなく自然とそれを手にしていた。

『最後に、強く願いなさい。心の底から、魂が求めるものを。それがもしかしたら、貴方たちの力になるかもしれません。ああ、もう時間がありませんね……』

声の主は悲しげに、だが何よりも、誰よりも愛《いと》おしそうに最後の言葉を告げた。

『それではお行きなさい、我が子たちよ。せめて健やかならんことを願っています』

その言葉に、誰が何をと問う間もなく、全員の身体が黒く輝きだした。

どこかに引っ張られるような感覚を全員が感じた。

その時であった。

蔵人の手から剣がひったくられる。

そして、その生徒は走ったまああっという間に黒い光の中に消えていった。

名前は思い出せなかったが、その背中と雰囲気で蔵人はある一年生だと気づく。

入学した頃に教師の間で噂《うわさ》になった、どこかの社長の息子。勝気で、不遜な、素行の悪い生徒。

皮肉なことに、そんな生徒だからこそ蔵人は覚えていた。でなければ入学して半年しか経っていない生徒の背中を見て、誰なのかわかるはずもない。

蔵人は怒りを向ける相手を失い、茫然《ぼうぜん》とするしかなかった。

どうしていいかわからずに視線を彷徨《さまよ》わせていると、離れたところにいる一年生担当の体育教師と目が合った。しかし体育教師は、失笑とも苦笑とも取れるような表情をして黒い光の中に消えていった。

他に目の合った生徒や教師も、同じような顔をして消えていく。

自分だけが剣《ちから》とやらがない状態で召喚され、見知らぬ危険な土地に放り出されることを考えると、死の足音を聞いた気がした。

死にたくなかった。

蔵人は徐々に強くなる黒い光に抗《あらが》うように白い空間にとどまり、めまぐるしい速度で考え始める。

普通の人のように、普通に生きてこられたわけじゃない。

なんとか三流私大を卒業するも社会とは適合できず、就職に失敗し、バイトや派遣社員待遇で清掃員、警備員、そして用務員をして食いつないできた。

用務員といっても正社員ではなく契約社員。期限は三年で延長なし。手取り十二万弱である。

努力が足りないのだと言われれば否定できないし、我慢が足りないのだと言われれば、そのとおりだとも思う。些細な不正に抗議などせず、黙っていればよかったのかもしれない。

だが、だからといって死にたくはなかった。

社会の端っこにしがみついてなんとか生きてきたのだ。

他者に蹴落とされて死を待つことなど許せるわけがない。

あの生徒が剣を奪わなければこんなことにはならなかったはずだ。

許せそうになかった。

いや、許す気などなかった。

力を、取り戻したい。

願い、とやらが叶《かな》うなら。

あれは自分のものだ。

返してくれっ。


(……だが、それができないのなら、もう関わり合いたくない)

怒りも見せず、愛想笑いで消えていった奴らとも一緒にいたくなかった。

所詮《しょせん》は契約社員の用務員である。時給相当の仕事は真面目にしていたのだから、別の世界に行ってまで生徒の面倒を見る気になどなれなかった。ましてやその生徒に奪われたのだからなおさらだった。

(どうせ行くなら雪山か、砂漠か、辺境の一歩手前、わずかに現地の人間がいるそんな場所がいい)

蔵人は雪国出身で雪への郷愁も、反対に雪が一切ない砂漠への浪漫も、両方持ち合わせていた。

こんな時だが、いやこんな時だからこそ、見たことのないその世界で、絵を描きたいと思ってしまった。食い扶持《ぶち》にもならない、そんな程度の絵ではあるが、蔵人にとっては重要だった。絵があったからこそ、社会を完全に否定せずにいられた。

普通に考えれば雪山や砂漠などの過酷な環境を願うなど自殺行為であるが、大事なものを盗まれて、自暴自棄にも厭世《えんせい》的にもなっていた。嫌な奴らと一緒にいたくない、と短絡的にもなっていた。

だが、それが今感じられる、自分の最も強い願いだった。

あとは、しばらく生きていけるだけの食料と水。

最低限、雨風をしのげる拠点と衣服。雪山や砂漠で屋根もなく裸で生活するわけにもいかない。

危険だという世界で生きていくための力や道具。

奪われて何もないのだから、せめてそれくらいは欲しかった。

切実にそう願った。

強く、強く、恨みも、憎しみも、嫌悪も、反発心も、すべてを込めて、心の底から願った。

黒い光が、強くなる。

奪われた力を取り戻すことと学校関係者との決別、そして雪山や砂漠などの僻地《へきち》での生活を何度も願いながら、蔵人はついに召喚された。

――その日、市立桜ケ丘高等学校、一年生二十五名、二年生二十五名、三年生二十五名、教師三名、用務員一名、計七十九名は、地球から別の世界に召喚された。

第1話　一人、立つ

蔵人《くらんど》は頬《ほお》をかすかに撫《な》でる風を感じて、自分はすでに別のどこかに立っているのだと気づく。

目を開いてすぐにここが洞窟だとわかったのは光のせいであった。

差し込む光のほうを見ると、遠目に白と青の世界が広がっていた。

その光景に誘われるように蔵人はふらふらと洞窟の出口に歩いていった。


肌を刺す冷たい空気も、鼻の奥に感じるツンとした冷たい痛みも気にならなかった。

そこには果てしない空と白い山々があった。

見上げると太陽を横切るように、鳥ではない大きな何かが飛んでいた。

向かいの山肌には、異様に尾の長い白い猫科らしき生物が尾根伝いに闊歩《かっぽ》していた。

すべてのしがらみから解き放たれたようだった。

不自由な状況とここでの苦労も想像できたが、それよりも、立場も、世間体も、給料も、偏見も、自尊心も、何もかも捨て去ってしまえたのだという感慨があった。


どれだけそうしていただろうか。

蔵人はぶるりと冷えを感じる。用務員として作業していたときのままのアースグリーンの作業服の上下に黒いブイネックの長シャツ、首に巻いた白いタオル、安っぽいアナログの腕時計、頑丈そうな紺色の長靴といった格好で、雪山に対応した服装ではない。

蔵人はそこから離れがたい気持ちを残しながらも洞窟の奥に戻っていった。


引き返してくると、大きなモスグリーンのリュックサックが通路に置かれているのを見つけた。

蔵人は声の主が用意してくれたものだとすぐに気づいた。

外の光景と洞窟、そして声だけの白い空間を思い出し、あらためて自分が本当にどこか別の世界に来たのだと、ようやく納得できたような気がした。

蔵人はその場でリュックサックを足の間で抱え込むようにして座り込んだ。

そして口紐《くちひも》を緩め、中を覗《のぞ》き込むが、何もない。リュックサックの底が見えるだけである。

そんな馬鹿なと手を突っ込むが、ないものはない。

結局、願いが叶《かな》ったのは『一人』で『雪山』に召喚されることだけかと、蔵人は落胆する。

だがどうしても諦めきれずに食べ物や水のことを切実に考えながら、空のリュックサックの底を隅々まで浚《さら》った。

こんな大自然を、水も食料もなしに生きていく自信などあるわけがない。

すると、手に何かがすっぽりと収まる。

縋《すが》る思いで手を引き抜いて見ると、フランスパンのような何かであった。

よくよく見るとクッキーをフランスパン状にして焼き固めた、携帯食のようなものであることがわかる。

「これを食え、と」

ポツリと洞窟に響いたその言葉には、食料があったという安堵《あんど》と、しばらくは同じものを食べなければならないという落胆が滲《にじ》んでいた。

その携帯食は空のリュックから次々と取り出すことができ、水も小さめの樽《たる》に入って出てきた。

おおよそ一年分といったところだろうか。

そしてさらに生きるための道具はないかと思いながらリュックサックを漁《あさ》ると大振りのナイフ、さらになんと題名に『魔法教本』と書かれた分厚い百科事典のような本も取り出せた。

取り出した水と携帯食が洞窟の通路に所狭しと並んでいる。

この背中半分ほどの大きさの、外側も内側もどこからどう見ても何の変哲もないリュックサックの、どこにこれだけのものが入っていたのか。

蔵人はなんとなしに、作業着の胸ポケットに入れておいた鉛筆をリュックサックに入れてみる。

だが、ぽとり、とリュックサックの底に鉛筆が落ちただけであった。

首を傾《かし》げながらズボンのポケットに入れておいた飴玉《あめだま》も入れてみる。

こちらは、入れた瞬間に消えてしまった。

はて、と思いながらリュックに手を入れ、飴玉を探すと携帯食の時と同じように、すっぽりと丸い飴玉が手に収まる。

もともと入っていた大振りのナイフと魔法教本以外は飲食できるものしか出し入れできない。

蔵人は首を傾げながらもそんな風に判断した。

願いはそれなりに叶った、といえる。

雨風をしのげる洞窟、およそ一年分の水と食料、護身用のナイフと魔法教本。

あとは盗まれた力と衣服だけである。

力については確認しようもないため、蔵人は着ている作業着を確かめてみる。と、何か違和感があった。

まるで変化がない、ということでもないようで、こころなしか丈夫になっているようである。ただの布がジーンズのように頑丈になったという程度ではあるのだが。

このなんとも頼りない願いの産物に、蔵人は本当に最低限だなと思いながら、地面に散らばっているナイフ以外のものをしまい、リュックサックを肩にかけて立ち上がる。

リュックサックは内容物の割に、重さはほとんど感じられなかった。


日が陰ってきていた。

完全に暗くなる前に、寝床を確保しなくてはならない。

この通路には風が吹き込んできていた。

ときおり、ひどく冷たい風が吹き込むこの場所で寝ることなど考えられなかった。

蔵人は大振りのナイフを右手に構えて洞窟の奥へと歩きだした。

薄暗い洞窟の幅は人が二人分ほど、高さは身長百七十センチの蔵人の頭上三十センチほど余裕があった。洞窟の壁にはコケなどはなくまっさらで、匂いも土の匂い以外はしなかった。

何かいるような気配も蔵人には感じられない。

それでもできうる限り慎重に奥へ進んだ。


結局、幸いにして先住者はおらず、洞窟の最奥へ到着する。

そこは六畳間ほどの何もない空間だった。

だが生活の拠点にするにはちょうどよかった。

その日、蔵人はここを家と定め、入り口からかすかに差し込む光がなくなった時点で眠った。

無防備すぎたかもしれない。しかし現状では警戒すらできないのだから諦めるほかなかった。


薄暗い中、轟々《ごうごう》とした音に蔵人は目を覚ます。

昨夜は寒いというほどではなく、いろいろあって疲れていたせいか割とよく眠れたのだが、今はそれよりも少しひんやりしているようだった。

蔵人は寝ぼけ眼のままふらふらと立ち上がり、かすかに差し込む光に誘われるように、そのまま通路へ出た。

そうして遠目に見た景色は、猛吹雪だった。

そのくせ朝日らしい光も差し込んでいる。

通路を進むごとに気温が下がり、反比例するように蔵人の意識は覚醒していった。

そうしてあと十数歩で外だというときになって、蔵人はくるりと身をひるがえす。

目尻の涙が一瞬で凍りついていた。

早足で奥の小部屋に戻りながら考える。

早急に暖房と出入り口の蓋《ふた》、それとできれば明かりをどうにかしなくてはならない。

日本にいた頃のように『あれがなければ死ぬかもしれない』ではないのだ。『あれがなければ死ぬ』なのだ。

蔵人は身を以《も》って知った。

生存するということ、そのすぐそばには石ころのように死が転がっているのだと。

その石ころを避ける術《すべ》がなければ、あっけなく死ぬのだということを。


小走りに洞窟の小部屋に戻った蔵人は、リュックサックから分厚い百科事典のような魔法教本を引っ張り出し、食い入るようにしてページをめくる。

幸いにして紙質は厚く、百科事典ほどのページ数はない。

文字も英語に似た言語で書かれているようだが、なぜか読むことができた。

蔵人は生存するためだけの勉強を開始した。

第2話　洞窟の外へ

洞窟に住み始めてからおよそ五百八十日目。

蔵人は洞窟の壁にナイフで毎日刻んだ五百八十本の一の字を見つめていた。

ふと手慰みにと、傍らに寝そべる白毛に黒い斑紋を持った、雪豹《ゆきひょう》にも似た魔獣の鼻先を指でピンっと弾《はじ》いてみる。

すでに地球にいる雪豹の成獣ほどの大きさはあるこの魔獣は、しかしこれで成獣には程遠いのだというのだから驚きである。

鼻を小突かれた魔獣はつむっていた目を開き、ちょっかいをかけてきた不届き者を不満そうに見上げた。そして体長のゆうに倍はある長い尻尾で蔵人の身体をペシペシと打って抗議する。

顔や背中、しまいには蔵人の首に尾を巻きつける。

すると蔵人は無言で魔獣の喉元を掻《か》き撫《な》でてやった。

たちまち魔獣は、ごろごろごろごろと猫のように喉を鳴らし始めた。

はたから見ればじつにバカバカしいやりとりだが、いつものことである。

『雪白《ゆきしろ》』と名づけたこの魔獣との遭遇は、蔵人がようやく洞窟の外に踏み出してしばらくしたときのことだった。

＊＊＊

洞窟に引き篭《こ》もらざるを得なかった厳冬期の間、当面の食料問題に悩まずにすむ蔵人は、それ以外の生存に必要なことの準備を十全に整えようと考えていた。

今すぐ外に出たところで遭難するのは確実であり、危険と思われるこの世界で、一般的な日本人など無力であることは想像に難くない。蔵人は分厚い魔法教本の習熟に専念することを決め、ついでに基礎体力の向上も合わせて行うことにした。

といっても、体のほうはそれほど専門的なことはできそうにないため、やはり中心は魔法技術となる。

そう決めるや蔵人は、洞窟に光が差しているうちにと魔法教本をぱらぱらと斜め読みし、すぐに実践した。魔法という未知の技術に少し興奮していたのだ。だが――。

「火よ」

気絶した。

全身に軽い疼痛《とうつう》を覚えながら起き上がったときには、もう日は落ちていた。どれだけ時間が経ったのか、腕時計を確認しようにも暗くて何も見えなかった。

その日はのろのろと洞窟の奥に引っ込み、身体の奥に疼痛を感じながら眠りに落ちた。

斜め読みはキケンだな、という教訓とともに。

翌朝、より一層ひんやりとしてきた空気とともに目を覚ますと、すぐに魔法教本を手に取る。日中はともかく、太陽が落ちた後の洞窟内は日一日と室温が下がっていた。まだまだ凍死するほどではないが、どこまで下がるのかわからない以上、魔法の習得を急がねばならなかった。

ついでにリュックサックから取り出した携帯食をぼりぼりと噛《か》み砕きながら、目次、序章、一章と、この世界の住人が少年少女期に教えられるような基本的なことを、蔵人は隅から隅まで読み、念のためもう一度読み返してから、また実践した。

「小さな火よ」

今度は脳に釘を打たれたような頭痛とともに気絶した。

教本では気絶や疼痛、頭痛自体は問題なく、疲労や筋肉痛みたいなものだとされていたため、蔵人は気にせず魔法を使用した。

結果としては、詠唱はしても伝えるべき意思を明確にできておらず、さらに自身の魔力をコントロールして放出することもできなかった。

つまり魔力を得られると勘違いした空気中のあらゆる精霊にありったけの魔力を吸い上げられたうえ、なんの現象も起こせずに蔵人は気絶し続けていた、ということになる。

魔力とは、簡単にいえばこの世界の生きとし生けるものすべてが持つ生命力、その余剰分がプールされたもので、魔法として使用する際に使われるものである。

蔵人はそれを一度に吸われ、生命の身体機能維持に使われている生命力にまで影響が及んでしまった。それに危機感を覚えた身体は、蔵人が許可していた外部への魔力の供給を強制的に遮断するために自らを気絶させた。

そうした状況に陥ると身体は生命力が足りないと勘違いし、生産する生命力を増やすといわれている。この世界の人間が生産できる生命力を百だとすると、身体機能維持に五割が使われており、残りの余剰生命力五割を魔力として使っている。この配分は身体が生命力の総生産量を増やしても変わることはない。

つまり身体に勘違いさせて生命力を百から百二に増やしたとしても、増える魔力は半分の一でしかないということだ。

ちなみに身体そのものを鍛えることによっても生命力を増やし、魔力を増やすこともできるが、この方法と違って大きく増えることはなかった。

現在では推奨されていないが、こうして魔法を失敗することで空気中の精霊の存在と自身の魔力の存在を認識させ、さらに魔法を使用するに足るレベルまで魔力を増やすことができると教本に書かれていたがゆえの、蔵人の行動だった。

蔵人は確かに、魔力を吸い上げる不可視・不可触のプランクトンにも似た何かが、公園のハトのようなハングリーさで魔力というエサに殺到したのをかすかに感じながら気絶していた。

蔵人はむくりと起き上がる。

まだ脳の奥から耳の奥にかけて鈍い痛みが残っていた。

腕時計を見ると丸一日経っていない。三時間ほどの気絶だったようである。

そしてまた――。

「小さな赤き火よ」

心臓のあたりがキュウと痛んだと同時に、気絶した。

その後もさらに十回ほど気絶を繰り返す。いったい何日何時間経ったのかわからなくなり、だが気絶の間隔が短くなったころ、部屋の真ん中に掘ったすり鉢状の囲炉裏《いろり》モドキの中央には、誇らしげに拳大の赤い火が揺らめいていた。

それは最も簡単な火精《ひせい》魔法であり、この世界の住人が煮炊きに使う程度のごくごく一般的なものだったりする。

それでも初めての魔法を成功させた蔵人は、ますます魔法に没頭していった。


朝起きて気分転換に外を眺める、そして気絶、もとい魔法を実践する。

蔵人がそんな日々を送っていると、いつのまにか吹雪はピタリとやんでいた。

洞窟の壁の傷は百八十一本、つまり召喚されてから百八十一日が経過していた。


その日、朝起きて、いつものように外を覗《のぞ》こうと洞窟の出入り口に向かっていると、毎日のように轟々《ごうごう》と聞こえていた吹雪の音がまったく聞こえないことに気がついた。

はやる気持ちを抑えながら、洞窟の出入り口に施した土の蓋《ふた》を崩していく。

この土の蓋は火精《ひせい》魔法のあとに成功した土精《どせい》魔法で作ったもので、これにより洞窟内に冷たい風が吹き込むことがなくなった。

土の蓋を崩すと、眩《まばゆ》いばかりの朝日が差し込み、蔵人は目を細めた。

しばらくぶりの直射日光であった。

うっすら開けた瞼《まぶた》の先には見通しが格段によくなった対面の山肌が見える。朝日が差し込んだ岩場の、ことさら大きな岩の上にはいつものように雪豹に似た魔獣が寝そべっていた。

魔獣がのそりと首をもたげると、首から腹部にかけて混じりけのない白毛が見える。全体として雪豹よりも黒い斑紋は少ない。

かなり離れた場所から蔵人をジッと見つめる灰金色の双眸《そうぼう》は、何ものも己を侵すことを許さないという矜持《きょうじ》をたたえているようだった。

そしてそれ以外はどうでもいいとばかりに、すぐにまた何事もなかったかのように寝そべるのだ。

蔵人にとって眩《まぶ》しいくらいの野生であった。

洞窟に篭もっていた百八十日の間、たまに吹雪が薄くなることがあった。

そんな時に外を覗くと、いつもこの魔獣がいた。

初めて目が合ったときは、食い殺されるのではないかと身をこわばらせていたが、数日、十数日もそれが続くと、相手にそんな気はないのだと気づいた。蔵人の動向を見張っていたのかもしれないが。

それでも実際お互いが近づいたことはなかった。

諸説あるが、魔獣とは魔法教本の定義によると『魔法を使う獣』という意味らしい。

その存在は既存の命精《めいせい》に他の精霊が融合して世代を経た結果、魔法の使える一つの種となったものであると。

命精《めいせい》とはこの世界のあまねく生物に宿る精霊といわれ、生命力を生み出す根源であり、木も、虫も、そして人間も、それぞれにたった一つだけ有しているものである。もう一つの『心臓脳』とも言われている。

広義に見れば、人間もまた精霊なのであり、もしかしたら魔獣であるのかもしれなかった。

一切交渉の余地のない『怪物《モンスター》』——精霊が腹を減らすなどして変質し、具現化した、天災にしてあまねく生物の敵——とは存在からして違っていた。

魔獣すべてが交渉可能であるとはいえないが、少なくとも余地はある。

現に雪豹のような魔獣と蔵人の間には、無言で相互不干渉が築かれていた。

蔵人に敵対意思や攻撃能力がなかったがゆえのことかもしれないが。

蔵人としてもこの寒さの中であっても、その暖かそうな毛皮を狩ってやろうとは考えなかった。わずかとはいえ、暖の確保を終えていたということもあったが、そんなことが可能だとは微塵《みじん》も考えられなかったのだ。

そんな相互不干渉な関係性の中で、蔵人が毎朝外を眺めるのはこの魔獣を見たいがため。それは起伏のない一日の娯楽であり、自分以外の他者の存在の確認であったのかもしれない。

ずっと眺めていた存在に近づくように、蔵人は今日、外に出ることを決めた。

すると、身震いが一つ。

その震えは、外の世界への怯《おび》えか、それとも武者震いか、はたまたただ寒かっただけなのか。

蔵人はその答えを出さなかった。

ただ外へ出る。今はそれだけである。

蔵人はひとまず魔獣から視線を切り、外に行く準備のために洞窟を引き返した。

第3話　雪山の魔獣

洞窟を出てから、蔵人《くらんど》は吹き溜《だ》まりに積もった雪に何度も片足を太股《ふともも》の付け根まで嵌《は》まらせていた。

なんともどんくさい自分にため息をつきながら、蔵人はその度に斜面を這《は》うようにして雪から脱出する。

つま先やカカトに力を込め過ぎず、膝から上全体を使って雪の上を泳ぐように抜け出す。雪国出身者の雪中技能であった。なんとも情けない姿ではあるが。

着ているものは召喚されたときと変わらない。首元にタオルを巻いて、作業着のボタンを首まで締めてきっちりと着こみ、長靴を久方ぶりに履いていた。

まとわせている火精《ひせい》魔法の暖気のおかげで放射冷却の刺すような外気の冷たさや作業着に入り込んでくる雪を気にしなくてもいいのが唯一の救いであった。

山の斜面は所々で雪を押しのけるようにして岩が突き出て、地肌が露出していた。

この山の吹雪は短いときでは数分単位で、まさしく文字どおり縦横無尽に風向きを変えていた。

そのためか、雪は方々に吹き飛ばされてしまい雪原の斜面を突き出るように岩が露出する。

同時に風の影響を受けない岩の隙間《すきま》などに雪が積もっていった。

秋の空より頻繁に変貌する吹雪は洞窟から嫌というほど眺めていたが、その産物である突き出た岩と凍土と雪だまりの斜面は、元の山の姿を知らない蔵人にとって判別がつかず、何度も足を取られていた。

しかし蔵人はなにも雪に埋まることを苦にしているわけではない。

これでも雪国出身である、雪への耐性は強い。

問題は視線である。

それも哀れみの視線である。

背後から頻繁に視線を送ってくるのは件《くだん》の魔獣であった。

蔵人が雪に嵌まってもがくたびに、魔獣が憐《あわ》れむのだ。

洞窟を一歩出たときこそその視線は蔵人を監視しているようであったが、蔵人がけつまずくたびに憐憫《れんびん》が混じるようになっていった。蔵人に気配や視線を読むような技能はなかったが、魔獣の強烈な存在感によりそれを感じていた。

そして感じられるがゆえに、腹も立った。

初めはその視線に息苦しさをおぼえもしたが、今はもうそんな心境ではなかった。

蔵人は苛立《いらだ》たしげに振り返り、大きな岩棚に寝そべっている魔獣を睨《にら》む。

いつかカタ結びにしてやる。腹立たしいほど優雅に揺れる長い尻尾を見ながら心の中でそんな悪態をついた。

忌々《いまいま》しい魔獣をどうにか無視することにして、蔵人は手頃な岩に腰掛けながら乱れもしない自らの呼吸を訝《いぶか》しんでいた。

この山の標高がどれだけあるかわからないが、洞窟のある地点は相当に高い位置にあるのではないかと推定していた。ざっと見て背の高い植物が見当たらないのも、地球にいたころの高山地帯の風景写真と酷似していた。

そしてなにより、感じられる風精《ふうせい》が少なかった。

この地は土精《どせい》と氷精《ひょうせい》が大部分であり、わずかな雷精《らいせい》と風精《ふうせい》、そして有象無象のその他とそれより微量な火精《ひせい》で構成されていた。

魔法教本の例示する、一般的な土地に見られるという土精《どせい》と水精《すいせい》と風精《ふうせい》を中心として、少量の雷《らい》精《せい》と火精《ひせい》とその他が存在するという精霊構成と比べると、水精《すいせい》は氷精《ひょうせい》との関係性から除外して考えるとして、風精《ふうせい》が著しく少ないのがよくわかる。

風精《ふうせい》が少ないということは、空気が薄いということ。空気が薄い所といえば高地である。そしてここは山である。

であるなら、なんの訓練もないまま高山での雪中行動を繰り返している蔵人は、高山病になっていてもおかしくはない。

だが蔵人は高山病どころか、息切れすらしていなかった。

ふと、これが『適応できる身体』とやらか、と蔵人は神らしき声の言葉を思い出していた。

改めて考えると雪から脱出するのも昔より随分楽だったような気がしていた。

もしかしてと、蔵人はその場で跳ねる。

地面をぶん殴る。

ダッシュする。

予想どおりすべての能力が向上していた。二メートルほど垂直に跳び、地面にはくっきりと拳の跡がつき、楽々と斜面を駆け上がれた。

蔵人はしばらく首をひねっていた。そして比べる相手などおらず判断材料が乏しいのだから考えても原因などわかるまいと、思考を放棄した。

蔵人は知らなかったが、例の声が与えたこの世界に適応する身体、正確に言うならばこの世界の到着した場所に適応する身体、というものの効果であった。

その効果で高山地帯に適応した身体を得ていた。

ならばなぜ凍死しそうな寒さを感じたのか。

あくまでも適応するのは人という種の範囲内のことであり、いくらこの世界の寒い地方に住む人間でも防寒着を着ることなく雪山で生存することは不可能であった。

蔵人の願いとこの世界の優先されるべきルールが競合した結果、人としては高山に適応したが、寒さに耐えられるようにはならず、火精《ひせい》魔法の習得が遅れれば凍死しかねなかったという状況が生まれたのだった。

蔵人は今度こそ嵌まらないようにと慎重に歩きだした。


どことなく重い足取りで洞窟に帰る蔵人の影が大きく斜面に伸びていた。

雪だまりに足を取られなくなったのが唯一の収穫であった。

食料となりそうな小動物の痕跡はあれど姿は見られず、想像していたとおり野草は食べられるかどうか判別がつかなかった。

食料はまだ半年分以上あったが、先行きは暗かった。

しかしまだ洞窟から出て一日目である、と蔵人は自らを鼓舞した。

ようやくといったていで、蔵人は洞窟にたどり着く。

さっさと寝よう、と洞窟に蓋《ふた》をしようとした。


相互不干渉とは誰が言ったか。

誰の尻尾をカタ結びにしてやると誰が息巻いていたか。

そのせいでもあるまいが、蔵人は動けなかった。ベルトにナイフを差していたが、腕どころか指も、そして喉も動きそうになかった。

白毛に黒い斑紋の巨体が、洞窟内から出入り口を土で塞《ふさ》ごうとしていた蔵人の目の前に音もなく着地して現れた。

蔵人は遠目に見て想定していた体長が、完全に見誤りであったことを悟る。

蔵人の顔の位置に魔獣の顔があった。

日に赤く染まった巨体は洞窟の入り口を塞いでなお、全体が見えない。

灰金色の瞳がジッと蔵人の瞳を見つめていた。

蔵人は瞳を逸《そ》らすことすらできないでいた。

圧倒的な畏怖《いふ》が蔵人を支配した。

理不尽さに対して生じる怯《おび》えや、悪意を感じて生じる不気味な恐怖ではなかった。

自らの想像を超えた大きな生命の存在を目の当たりにし、それに殉じるしかないといった自然な心境であった。

蔵人はそんな心を自分が持ち合わせていたのだなと、どこか遠い気持ちでいた。

そしてそれに納得してしまった蔵人は、瞳を見返したまま身体の力を抜いた。

魔獣が鼻で笑った。

確かにそんな感じであった。

その鼻先が蔵人を洞窟の壁に押しのけ、魔獣は洞窟の入り口をくぐろうとする。

蔵人は壁と巨体に挟まれた。しかし呼吸を除けば存外苦しくはない。子猫のような柔らかな身体と、どこまでも埋没していきそうな黒い斑紋のある白毛に声もなく埋もれていった。

蔵人が白毛に埋もれている間に魔獣は自分の巨体に合うように洞窟の通路を拡張していった。

蔵人がそのことに気づいたのは、魔獣が通り過ぎて白毛から解放され、しばらくしてからのことだった。

洞窟をゴリゴリと削っていくその後ろ姿を、ただただ見送ることしか蔵人にはできなかった。

命はどこかに預けてしまった、そんな心持ちでもあった。

いつのまにか夕日が落ち切り、闇精《あんせい》が世界に漂いだしていた。

蔵人は闇精《あんせい》に追い出され始めた光精《こうせい》で明かりを作り出し、洞窟の通路を照らす。

そこには通路の中ほどに向かい合う二つの穴がある。

一つは蔵人が洞窟に篭《こ》もっていた間に土精《どせい》魔法でコツコツ掘削して蓋をしておいたトイレと浴室への入り口で、もう一つは魔獣が一瞬で作り上げた最奥の部屋に似た小部屋だ。

圧倒的な魔法技術の差に蔵人は苦笑いしか浮かべられない。

自分がこの世界において生後百八十日程度の人間なのだと思えば、慰めにもなった。

否、やはり比べることすらおこがましいのだろう。

小部屋を作った魔獣は、ぬっと洞窟から出ていくと、闇の向こうへと音もなく飛翔《ひしょう》した。

光精《こうせい》の明かりがわずかに及んで見えた姿は、巨大なモモンガのようであった。

前足と後足の間に隠れていた皮膜を大きく広げ、見下ろした先にある向かいの山肌に溶けこむように滑空して消えた。

蔵人はあまりのファンタジーさにめまいを覚える。

尾が恐ろしく長いとはいえ、雪豹《ゆきひょう》の延長線上の生き物だと勝手に思い込んでいた。

魔獣はまた音もなく洞窟に降り立つ。

氷の塊を尻尾に巻きつけ、そのまま新たに作った部屋へ放り込む。

そしてまた滑空していった。

魔獣はせっせとそれを幾度か繰り返した。

集中して観察してみれば、ホンのわずかしかない風精《ふうせい》をかき集めているようであった。それでもってあの巨体を空中に浮かべているのだから、意外に必死なのかもしれない。

なぜ跳躍せず、滑空しているのか、蔵人にはそのへんがさっぱりわからないでいた。

人は空を飛べない。

それはこちらの世界でも変わらないようだ。

それが原則である。高空ともなれば風精《ふうせい》の少なさもあってなおさらである。

自力で空を飛ぶことができるのは特定の種族に限られ、人が空を飛ぼうとすれば希少な魔法具や調教した魔獣が必要であった。


蔵人は部屋に戻って、魔法教本を読んでいた。

もうどうにでもなれ、という心境である。

部屋に戻る際に魔獣の作った小部屋をヒョイと覗《のぞ》き込むと、運び込まれた氷が鎮座し、部屋中がどこか白っぽく、ひんやりしている。鹿や猪《いのしし》に似た動物や、見たこともないような動物が冷凍保存されていた。

見なかったことにして部屋へ戻ったのは言うまでもない。

自分も食料として確保されているような気がしないでもなかったが、蔵人は考えないことにした。

戻ってきた最奥の部屋も、置いてあったリュックサックの位置から考えると倍以上大きくなっているようだ。

だがもう蔵人にはそんなことはどうでもよく、リュックサックを部屋の隅に移動して、それを背にまるで現実逃避するように魔法教本を読み耽《ふけ》るのだった。

——みっ、みーみぃーっ

聞きなれない鳴き声に蔵人は教本から顔を上げた。

倍に広がった部屋の半分ほどに白毛の巨体が優雅に寝そべっており、まるで我が家の如く洞窟を占拠しているのは知っていたが、その顔にじゃれついて鳴く子猫を蔵人は初めて見た。

尻尾がやはり異様に長いことから、この魔獣の子供であろうことはすぐにでもわかった。

子連れの猛獣に近づくのが自殺行為であるというのは、おそらく常識であろう。

蔵人もそれを知っていたので、あえて近づくようなことはしない。もっとも、近づいてきたのは、向こうなのだが。

(今日はいろいろありすぎたな……)

と蔵人は一つ伸びをしたが、また教本に視線を落とした。

腕時計を見ると、もう明日になりそうであった。

ナイフを出して一文字を削るのは、慎重を期して明日の朝にする。ナイフを取り出して警戒され、マルカジリされてはたまらない。

蔵人が横になると、シュルシュルとふわふわした何かが巻きついた。

金縛りにあったように動けない蔵人は、ひょいと宙に浮かぶと、ふかふかの毛に埋められた。

蔵人の意思に反して、蝋燭《ろうそく》の火が消されるように光精《こうせい》が散って消える。

すべて、魔獣の仕業のようだ。

もしかしたらマルカジリか、と蔵人は首だけでどうにかして魔獣を見ると、暗闇に双眸《そうぼう》が一瞬だけ光ったようにも見えたが、すぐにそれも見えなくなった。

尻尾は蔵人の四肢に巻きついたままだったが、それでいて窮屈なわけでもない。

そのせいだろうか、誘われるような眠気に抗《あらが》いもせず、目をつむった。

蔵人は久しぶりに柔らかく温かな寝床で眠りについた。

第4話　雪山の闘い

みーみーみーっ
みーみーみーっ
しつこいくらいの鳴き声で蔵人《くらんど》は目を覚ます。

いつのまにか地べたに横になって眠っていた蔵人の顔に、仔魔獣が顔をこすりつけていた。

蔵人が目を覚ましたことに気づいた仔魔獣は、なんとも頼りない足つきで部屋を出ようと歩きだす。

親魔獣の腹で寝ていたはずと首を傾《かし》げる蔵人に、仔魔獣が振り返り怒ったように「みーみー」と鳴いた。

（一緒に来いということか？）

親魔獣がいないのが気になるが、蔵人は立ち上がると仔魔獣の腹に手を添えてひょいと抱き上げ、洞窟の外に向かう。

通路の中ほどから外の様子はすぐにわかった。

親魔獣は洞窟を背にして座っていた。

暁の朝靄《あさもや》の中で、尻尾が大きくたゆたう。

大きな雪豹《ゆきひょう》は濃い朝靄に消え入りそうであった。

それが蔵人には老いた背中に見えた。

最後に見た自分の親の姿が浮かんだ。


蔵人が洞窟と外との境界線に差しかかると、親魔獣がくるりとこちらを向いた。

仔魔獣を見つめている。

優しい瞳であった。

尻尾が巨体の背後で凛《りん》と伸びきる。

すると親魔獣が蔵人を一瞥《いちべつ》した。

瞬《まばた》きの間のことだった。

親魔獣はグオンっと一声鳴いて身をひるがえすと、向かいの山に滑空していった。

と同時に、洞窟の入り口の土が蔵人の首あたりまで盛り上がり、顔の幅の分だけ外を覗《のぞ》けるような土壁になった。

子守りをさせている間に狩りにでも行くのかと蔵人は考えながら、なにをどうやってもびくともしない土壁に手を添えて外を眺める。本格的に子守り兼非常食かなと苦笑いした。

みーっ
ひときわ強く鳴いた仔魔獣が腕から抜け出して、土壁の上を這《は》っていった。

蔵人は反射的に手を伸ばすが、仔魔獣は土壁に座っただけであった。

グォオンッッ！

鼓膜を通り抜けて心臓まで圧迫する咆哮《ほうこう》。

山肌を殴りつけるかのようであった。

蔵人は咆哮に身構えながらも、顔を覆った腕の隙間《すきま》から千年樹のような太さの火柱が轟《ごう》と立ち昇ったのを見た。親魔獣がいつも寝そべっていた岩棚が一瞬にして炎に包まれていた。

火精《ひせい》は他の精霊に比べて大喰《おおぐ》らいで、わずかな火精《ひせい》でも与えられた魔力量次第で大きくなると蔵人は机上で学んではいたが、あれほどとは考えていなかった。

蔵人は思わず初めて見た自分以外の、この世界の魔法に見入った。

みーっ
憤慨する仔魔獣の声にはっとなって風精《ふうせい》に声を拾うよう頼み、蔵人自身は目の機能を命精《めいせい》魔法の視力強化で補った。


鎮火しつつある火柱に対して扇状に十二人の人間がいた。

岩の転がる足場の悪い斜面の上に立って、各々槍《やり》や弓、杖《つえ》を構えていた。

男も女も、耳の尖《とが》ったのもいて随所に装備が違ったりするが、一様に身体の線に添って密着したシンプルな揃《そろ》いの白鎧《よろい》を身につけている。腰から上の胸腹部を覆う胸甲板《きょうこうばん》と呼ばれるその白鎧には、赤と白の双頭馬と槍が描かれた紋章が刻印されていた。

彼らはエルロドリアナ連合王国専属狩猟者であったが、蔵人は当然そんなことは知らなかった。

魔法教本で見たような気がするという程度である。

「来るぞっ！」

一番先頭で大盾を構える男の警告。

それとほぼ同時に白い軌跡が砲弾のように直撃し、三メートル以上はありそうな身体が盾ごと弾《はじ》かれて斜面を逆走した。

そのまま後方との中間地点まで一気に押し込まれた大男だったが、体勢も視線も揺らがない。

大男が見据えるその先には、一度の突進で自らを吹き飛ばした規格外の魔獣が、強靭《きょうじん》な四肢を大地につけて敵対者である自分たちを睥睨《へいげい》していた。

体毛の一本一本に雪を纏《まと》っているのか長尾の先まで黒い斑紋はなくなっていた。その周囲には薄い白煙と雪の飛沫《ひまつ》が漂い、暁の端を塗りつぶし始めた白光を受けて輝いていた。

「ンッ、氷精《ひょうせい》と融合を確認、撃ちますっ」

火精《ひせい》魔法と思われる三本の凝縮された火線がわずかな時間差でもって光線のように奔《はし》る。

斜面に残った雪を、一瞬で溶かしながら殺到する三本の火線を、親魔獣は縫うように走り抜けていく。

避《よ》けるたびに漂っていた雪の飛沫が音もなく消滅した。

何度目かの火線を避けながら、親魔獣が身をよじりわずかに身を止めたその刹那《せつな》、交差するように火線が三本迫る。

しかし、ゆらりと振るわれた長尾が信じがたい速度ですべてを撃ち落とした。

返す刀で雪を纏ってさらに長大になった尾が周囲を薙《な》ぎ払う。白煙輝く空間に踏み込まんとしていた数人の構えた盾が、甲高い金属音をあげ、その表面は削り取られたようになっていた。

親魔獣の後脚に力が込められる。

見据えるのは正面後方。杖の構えと魔法の発動がわずかに鈍い奴だ。

一息に、跳躍した。

正面の魔法士が息をのむ。それでも数瞬の遅れを取り戻さんと杖をかざす。

だが火線が半ばまで発動した瞬間に、白煙を纏った大爪が振り下ろされた。

カシャンと薄いガラスが割れるような破砕音と一緒に、魔法士は尻もちをついた。

火炎ごと薙ぎ払われた魔法士は物理・魔法障壁を一度に破られながらも、体勢を崩すだけで済んでいた。その障壁がなければ間違いなく肉塊になっていただろう。

『ドラゴンは二度火を吹く』。災禍を凌《しの》いでも油断してはいけない。

それを忘れたわけではなかったが、あまりのことに魔法士は一瞬呆《ほう》けてしまった。

もう一方の白爪が魔法士の足下より振るわれる。

「『飛雪豹《イルニーク》』よ、足らんぞっ！」

獰猛《どうもう》な笑みを浮かべた大男が、全身を紅潮させて湯気を纏い、膨れ上がった腕でもって親魔獣の横腹を先端が杭《くい》のようになった片手鎚《かたてづち》で殴りつけた。

雪の衣を砕いてなお衰えない衝撃に、飛雪豹《イルニーク》と呼ばれた親魔獣は爪を振り切ることなく飛びすさった。

仔魔獣は親魔獣の姿を追うように、右に左にと顔をしきりに動かしながら必死に見つめていた。飛び出すようなこともなく、食い入るように。

蔵人もまた同じように凝視していた。

しかし内心では答えの出せない問いを突きつけられていた。

事情もわからないのに、戦闘に割って入ることなどまるで考えていない自分がいた。

事情もわからないのに、無力なことを嘆く自分もいた。

魔獣に情が湧いているのに、人と魔獣の戦いから何か盗めないかと熱っぽく見つめる自分がいた。

魔獣に情が湧いているからこそ、逃げればいい、なぜ戦わねばならないと叫ぶ自分もいた。

昨夜から今日にかけての、事情が一切わからない事態の連続が気づかないうちに蔵人自身の負担となり、混乱に拍車をかけていた。

答えを探すように、蔵人は視線を彷徨《さまよ》わせる。

飛雪豹《イルニーク》と呼ばれた親魔獣は跳躍し、突進し、薙ぎ払う。すべてを凍《い》てつかせながら。

大男を中心にした白鎧の集団は、弓を射かけ、斧《おの》で断ちきり、炎で焼き尽くす。

神話の描かれた絵画のような戦いが続いていた。

絵空事ではないかと蔵人は疑う。

まるで夢のようであると。

みーっ！

仔魔獣が怒ったように鳴いて親魔獣ゆずりの尻尾で蔵人の腕を叩《たた》いた。

そう夢ではない。

これは日本から、いやゴミ捨て場から続いてきた、現実である。

社会に馴染《なじ》めずにいたのも、現実離れした召喚などという出来事に巻き込まれたのも、力を盗まれたのも、残酷なまでの現実だった。

手の届かない現実に慣れることもできなかったが、それでも現実をしっかり見つめてきたつもりだった。

だが、いつのまにか目を逸《そ》らしていたのかもしれない。いや、逸らしてはいけないのだ。現実から逃げないためにも。

蔵人は親の背中を一心に見つめる仔魔獣の小さな背中にそれを思い出し、再び現実を見つめだした。


太陽がその身を露《あら》わにして、雲ひとつない青空が広がった。

その下で、槍や矢が刺さったままの親魔獣は、縦横無尽に迸《はし》る六本の火線をかいくぐりつつ、周囲の盾を尾で吹き飛ばす。

巨体をくまなく覆っていた雪の衣は融《と》け落ち、その再生速度も鈍っていた。

それでも雪の衣の再構築を待つこともなく、赤い杖を構えた獲物に狙いを定めて、親魔獣は後脚に力を込める。

だが、メキメキと盛り上がる筋肉を裏切って、膝がガクンっと落ちる。

「今《ダー》だっ《バッ》！」

大男の大音声に、かろうじて周囲に残っていた者たちが、腰に吊《つ》るしている鎖分銅を叩きつけるように親魔獣の足元に投げ付け、結果も見ずに離脱していく。

同時に、それらと入れ替わるように前に出た魔法士たちが、親魔獣を取り囲み背負っていた杖を手に取る。そして、大男が親魔獣の真上に槍を投げたのを合図に、一斉に杖を地面に突き刺した。

親魔獣の頭上に放られた槍から発生した白紫の雷撃が、親魔獣を囲むように突き立った四本の杖と一瞬にして結ばれる。そして次の瞬間――。

白紫色の光が、爆発した。

耳をつんざく破裂音は雷精《らいせい》の絶叫のようであった。

向かいの山にいる蔵人にすらドンッと衝撃が伝わった。

この戦いで周辺の雷精《らいせい》は使われてはいない。そう、この『場』の雷精《らいせい》は。

雷精《らいせい》は杖の中にいた。

周辺の雷精《らいせい》の動きを察知できなかったことが、親魔獣の判断をわずかに遅らせたが、白紫色の閃《せん》光《こう》が広がりを見せる中であっても、決断は早かった。

この場にいるのは危険だと判断した親魔獣は即座に囲いの一角を突き破ろうと、今度こそしっかりと地面を蹴る。

だが、もつれる。四肢に鎖が絡まっていた。

ならば上へ、その反射行動はしかし、突き立つ雷光もろともに消えた。

あの刹那に槍と杖の間を駆け巡った雷撃は、杖の中の雷精《らいせい》によって増幅され続け、槍と杖が限界を迎えるその時、莫大《ばくだい》な力を解放する。

その集束された雷の破裂は、槍と杖の中間点にいた親魔獣を直撃した。


光が収まっても、誰も動かなかった。

狩人たちは灰色の煙に包まれた親魔獣をいまだ警戒していた。

親魔獣を囲むようにして突き立っていた四本の杖はことごとく半ばから折れ、頭上に投げられた槍の姿などどこにもなかった。

雪解けのひんやりとした風が煙を払っていく。

親魔獣は水蒸気とくすぶる煙の中で、上を向いた姿勢のまま立ち尽くしていた。

そしてゆっくりと山の対面に首を向けて、遠い目をした。

グオオォンッ
咆哮は一つきり、蒼空《そうくう》に抜けていった。

懇願するような、哀れむような声は決して雄々しいものでこそなかったが、苦痛や悲痛さはない。

力を尽くした親魔獣はドサリと崩れ落ちた。

僅差であった、運がよかった、と大男は認める。

運よく見つけたわずかな隙《すき》に対して、地道な足止めの連続がついに親魔獣の動きを止め、その身を貫くに至った。雷精《らいせい》の気配を感じさせぬよう杖の中に封じていたことも、親魔獣の虚を衝《つ》くうえで重要だった。

もっとも、雪の衣という物理・魔法障壁を薄氷を踏むような思いで剥《は》ぎ取ったのだから、その奇襲が効果的でないと困る、ともいえたが。

仲間を四人、完全に戦線離脱させられた。立っているのは取り囲んだ四人と、大男を含めた前衛の四人。大男以外の七人も疲労困憊《こんぱい》で立っているのがやっとであった。

あの隙がなければ、あと一人二人はもっていかれていただろうと確信していた。

それでも負けんがな、と大男はにやりと笑う。

太陽が中天に差しかかる前に、なんとか動ける八人で獲物を持ち帰る準備に取り掛かった。

『アレルドゥリア山脈の白幻《はくげん》』と称された飛雪豹《イルニーク》であるが、過去に例を見ないほどの獲物となった。

今までに狩られた個体の三倍はあるのではないかと推測され、年齢は測定不能であった。

大男はふと、もしかすると老いが隙を生んだのかもしれないと、魔法士の分析を上の空で聞きながら考えていた。しかし、もう少し若ければ現れることすらなかったかもしれないが。

大男がとりとめもないことを考えていると、飛雪豹《イルニーク》の死体は氷の塊になっていた。

「よしっ、飛ばすぞ」

いつの間にか上半身裸になった大男は、一軒家ほどもあるそれをぐいっと担ぐ。

急速に膨れ上がる筋肉でもって、遥《はる》か先の山の麓を越えた草原に向けて一直線に投げつけた。

魔法士の四人は、山なりに勢いよく投げられたそれを風精《ふうせい》で方角を微調整し、さらに加速させた。

大男が発射と方角を、魔法士が方角の微調整とさらなる加速を行って、硬く凍らせた獲物を強引に空輸したのだった。

落下先には大男の仲間が待っている計画である。

吹雪がやみ、丸三日が経つと『悪夢』と呼ばれる大蜘蛛《おおぐも》が目を覚ます。

こんな状態でそれは真っ平御免だと考えた輸送の短縮方法がこれである。

獲物の大きさに合わせていろいろ計画をしていたが、冗談半分で作ったこれをやることになるとは、誰も考えていなかったに違いない。

視界を遮ることのない天候、氷精《ひょうせい》や風精《ふうせい》の扱いに長《た》けた魔法士、強化にすぐれた巨人種《きょじんしゅ》である大男がいて初めて可能な荒技なのだから当然だ。

大男は上半身裸のまま悪戯《いたずら》小僧のように笑っていた。

第5話　残された者

山間に短い咆哮《ほうこう》が響いた。

親魔獣が倒れ伏したあとも、その身体が氷に覆われどこかに投げ飛ばされたあとも、仔魔獣は決して目を離さなかった。余計な鳴き声一つ発せずに短い耳をピンと立てていた。

いったい何を見つめているのか。

現場に飛び込もうともせず、ただただ親の姿を見つめ続けた。

蔵人《くらんど》は、自分ならあそこへ飛び込んだだろうかと考える。

仔魔獣が飛び込めば、自分も飛び込んだだろうかと。

飛び込まなかっただろうな、と冷静に思い直す。

自然の摂理だと。自身の力ではどうにもならないと。何ができたのかと。

(何もできなかっただろうな、そもそもあそこへ到達すらできなかったろう)

そう理由をつけてみるが、どうにも居心地が悪かった。尻の据わりが悪いのだ。

仔魔獣がコテン、と後ろに倒れる。

蔵人は反射的に手を差し出す。ふにゃりとした重さが手にすっぽりと収まった。

仔魔獣は疲れて眠っているようで、胸が小さく膨らんではしぼんだ。

蔵人は仔魔獣を抱きかかえて奥に引き返すと、親魔獣によって大きくなった部屋で仔魔獣を持て余す。

どこに寝かそうか、と。

とりあえず作業着の上着を脱いで畳み、その上に首に巻いていたタオルで包んだ仔魔獣を置いた。

次は食べ物か、と蔵人は自分の腹をさする。

鹿のような生き物が無難そうだと肌寒い食糧庫を漁《あさ》り、三日月のような角を三本も持つ鹿を見つけた。少し室温が低いが、持ち上げられそうにないため蔵人はその場で解体を決める。むろん解体などしたことはなかった。

「火よ」

周囲の氷がわずかに溶け始めるが、火精《ひせい》で生み出した種火程度では日が暮れそうである。大振りだとはいえ、腰のナイフでは氷など切れそうにない。

蔵人はふと、防寒のために火精《ひせい》で身体の周囲の空気を暖めたことを思い出し、ナイフそのものを火精《ひせい》魔法で加熱する。

種火にナイフを近づけ徐々に魔力の量を増やすと、ナイフは赤熱し、そのまま氷に刃を立てると溶けだした。氷を溶かせば当然ナイフの熱は失われるため、そのたびにナイフを加熱する。

魔法剣、などではない。魔法的には非常に非効率的にナイフを熱しているだけである。

現に蔵人は、ふらふらになりながらやっとの思いで鹿の脚を一本解体したにすぎない。

蔵人はそれを担いで部屋に戻り、土精《どせい》魔法で囲炉裏《いろり》に簡単な土台を作ると、熱ナイフで関節から分けただけの鹿の脚を無造作に載せた。

最後にナイフの火を囲炉裏に誘導し、焚《た》き火程度の火加減の維持を火精《ひせい》に頼んで魔力を渡すと、蔵人は気絶した。

火を放置して気絶とは、キケン極まりないがどうしようもない。

魔力はそうそう回復しない。睡眠時に余剰分の生命力がプールされるからだ。余剰生産量もプールされる器も、魔力を極限まで使用することで徐々にではあるが大きくなる。

だが、地球でもすべての人がオリンピック選手になれるわけがないように、その拡張には根気と苦痛が必要とされた。

現在の蔵人は、ようやくこの世界の一般人並みになった程度だった。

みーみーぃ、みみっ

ふにふにと顔を押してくる感触に蔵人はパチリと目を覚ます。

腹でも空かせたのか、蔵人が起きても仔魔獣は鳴きやまなかった。

ぷんと焦げ臭い匂いが鼻をついた。

蔵人はむくりと起き上がり、仔魔獣を抱き上げてすっかり火の勢いの小さくなった囲炉裏を見る。

真っ黒に焦げた鹿の脚がでんと鎮座していた。ひっくり返してもいないのに全体が焦げているところをみると火精《ひせい》が気を利かせたか、それとも悪戯《いたずら》でもしたのかもしれない。

同じ火精《ひせい》に魔力を与え続けていれば、気まぐれに意思をくみ取って気を利かせてくれることもあるが、人種《ひとしゅ》は基本的に精霊を視覚的に確認することはできないため、意図的にそれを行うことはできない。

完全密閉空間でもあれば別だが、精霊に侵入できない場所はそうそう存在しない。火精《ひせい》の極端に少ないこの場所ゆえの現象であった。

みーみー鳴く仔魔獣を胡坐《あぐら》をかいた脚の間に乗せて、蔵人はナイフを手に取る。

蔵人は囲炉裏の上で焦げた毛皮を削《そ》いで、毛皮の下のよく火の通った肉を薄く切って味見する。塩なんてないが、久しぶりの肉に少し気分を高揚させながらも、ちょっと焦げ臭いがなんとでもなるだろうと、もうひとかけら肉を剥《は》いで仔魔獣の口に運んでみる。

仔魔獣はみーみー鳴くも口にしない。

仔魔獣は肉にちゅうちゅうと吸いつくだけであった。

仔魔獣は肉を食べられない。

蔵人にとって考えてもみなかった事態だ。親魔獣が肉を運び込んだのだから食べられると思うほうが普通であろう。

親魔獣が仔魔獣が食べられない肉を置いて死ぬ。

我が子を託したのか、それともただ憐《あわ》れまれて蔵人が施しを受けたのか。

親魔獣の意図はわからない。それほど明確な意図はないのかもしれない。獣は獣である。

蔵人は少し考える。

肉と仔魔獣を脇に置いて、外へ出た。

すぐに戻ってきた蔵人の手には、土色の鍋のようなものに入れられた雪があった。

それを囲炉裏に置いて火精《ひせい》を強める。次いでリュックサックからフランスパンのような携帯食を取り出し、雪が溶けて水になり始めた鍋の中にナイフで切って放り込んだ。

蔵人の命をこれまでつないできたこの食料は、驚くことにかなり栄養バランスがいいものであるらしく、これしか食べていないはずの蔵人はまったくといっていいほど体調を崩さなかったのだ。

蔵人はドロドロに溶けてきたそれをナイフでさっとかき回してから、ひと掬《すく》いしたものを指につけ、息で冷まし仔魔獣の口元に運んだ。

チューチューと吸いだす仔魔獣。

まだ乳飲み子のようだ。

蔵人はそれを幾度も繰り返した。

まともに食べることもできない弱々しい仔魔獣を見ながら、わかるはずもない親魔獣の真意を考えてしまっていた。

なぜ洞窟に押しかけ、一緒に寝て、食べられもしない肉と我が子を置いていき、そして戦って死んだのかと。

託されたのか。

施されたのか。

意思疎通の明確に取れる相手ではない。

整合性のある答えなどないのかもしれない。

ずいぶん長い間、考えてもわからない答えを探していると、仔魔獣がそのまま眠ってしまった。

仔魔獣をそっとタオルにくるんで畳んだ作業着に乗せ、蔵人はすっかり冷めた肉を腹に収めた。久しぶりの肉は、冷めて硬くても、蔵人の舌と胃袋を満足させた。

食べ終わったあと、蔵人が眠そうに船を漕《こ》いでいると、ひんやりとした夜風が火精《ひせい》を揺らした。

蔵人は億劫《おっくう》そうに目をこすり、すっかり忘れていた洞窟の蓋《ふた》を閉めに立ち上がった。

月のない、先の見えない夜、向かいの山肌にぽつんと火の明かりが見えた。

まだいたのかと少し考えたあと、蔵人は風精《ふうせい》に魔力を与えて頼み事をした。

第6話　盗み聞き

岩場の陰で、乾いたブッシュの焚《た》き火が火精《ひせい》とともに小さくはじける。

冷たい夜であった。

小さなほうは毛布にくるまっていたが、ことさら大きなほうは胸甲板《きょうこうばん》だけつけた軽装姿で口に咥《くわ》えた十センチほどの枝からうまそうに煙をくゆらせていた。

親魔獣を狩りにきた狩猟者たちの野営であった。

「マクシームさんは寒くなさそうですねぇ」

「昼間の熱が残ってるからな」

「今に限って言えば羨《うらや》ましいですね」

マクシームと呼ばれた大男は、むんっと腕の筋肉を盛り上げる。

「ああ、それは結構です。うら若き乙女になんてものを見せるんですか」

小さなほうのショートカットの黒髪の少女はげんなりとする。

「勇者サマの『精霊の贈り物《ドゥフバダラ》』ほどじゃねぇけどな」

「『精霊の贈り物《ドゥフバダラ》』？」

「そういやあっちじゃ『神の加護《プロヴィデンス》』だかっていうんだったか」

「加護のことですか。ていうか勇者サマとかホント、カンベンしてください」

召喚されて半年余り、魔王もいないのに勇者勇者とおだてられてうんざりしていた。

いや、自身は早々に見限られ、おだてられていい気になっている他の召喚者の姿にうんざりしていた、というほうが正しいかもしれない。

黒髪の少女は、ゲラゲラと笑う筋肉髭《ひげ》ダルマを恨めしそうに睨《にら》む。

「そう言うな。勇者云々《うんぬん》はともかく、おおよそとはいえ獲物の位置を把握できる力なんてハンターなら誰でも欲しがるぜ」

黒髪の少女の力は地図とマーキング。

脳内に自身を中心とした一定の範囲内の地図が表示され、そこに少女に対して一定以上の敵意や害意を持った、一定以上の力のある存在をリアルタイムで赤くマーキングする。

この一定以上の力というのが曲者《くせもの》で、反応する力の基本値が定かではなく、時には草原の兎《うさぎ》がマーキングされることもある。さらにその敵意や害意にしても反応には幅があり、わずかな悪感情から殺意まで、どのくらいの敵意で反応しているのかすら一定ではなかった。

少女の力が不安定なのか、それとも何かほかに条件があるのか、まったくわからなかった。

少女はうつむいて、ぽつりとこぼす。

「……申し訳ないじゃないですか、足手まといでしかないですし」

体力や魔力といった戦闘能力と呼べるものは皆無であり、ここまで来るのもマクシームの背中に乗せてもらってきたのだ。

「わかってねぇなぁ。ハンターは役割分担、助け合いが基本だ。無傷でここまで来れたからこそ飛雪豹《イルニーク》を狩れた。今も安心して眠れるし、帰りの不安もない」

マクシームは真顔で言う。

「アカリを必要としてるから引っ張ってきたんだ。心配すんな、お前の一人や二人、小人みてぇなもんだ」

召喚された国で役立たずと冷遇されたことが、思った以上に少女のコンプレックスになっており、マクシームはそれを察していた。

アカリと呼ばれた黒髪の少女は照れくさそうに笑い、誤魔化すように焚き火へブッシュをくべた。

「……でもあの魔獣、なんで襲ってきたんですかね」

アカリは小さく欠伸《あくび》をしたあと、眠気退治に口を動かす。

「アレルドゥリア山脈の白幻《はくげん》と呼ばれて、人を襲ったなんて噂《うわさ》も聞かないくらいほとんど姿を見せないから、過去数百年で十数頭しか狩られていないですし。厳冬期の前後三日、年に一組しか挑戦を許されないことを考えると、そんなもんかなとも思うんですが、今日のように好戦的ならもっと狩られていてもおかしくない、とも思うんですよねぇ」

マクシームは吸い終えて短くなった煙木を焚き火に投げ込んだ。

「わからねぇ」

そしてまた腰から煙木を取り出す。

火精《ひせい》がふわっと飛んで煙木に火をつける。

「すまねぇな」

練習ですよとアカリは言う。

これはオレの勝手な想像なんだが、と前置きしてマクシームは話しだした。

「座して死を待つのを嫌ったのかもしれねぇな。種として好戦的じゃないとはいえ、個体差はある」

「病気、ですか？」

「いや、老いじゃねぇか？　見たことも聞いたこともねぇ大きさからいって。それに戦闘の最中に脚の力が抜けやがった。あれがこっちにとっては隙《すき》になったがな」

老いですか、とアカリは無常を感じる。

「こっち見んじゃねぇよ、オレはまだまだ若い。街の姐《ねえ》ちゃんたちには今でも」

「ああ、そういうのは結構です」

「……いつでも王国筆頭クラスのハンターが挑戦するわけじゃねぇしな」

くじ引きである。

今回だけは勇者の試金石として特別に許可されたに過ぎない。

「ほれ、もう寝ろ。明日は早いぞ」

夜明けとともに出発の予定である。

「でも、見張りが……」

「オレは当分寝つけねぇ、ていうか人肌がねぇとなぁ」

「セクハラオヤジめっ」

アカリはプンスカと毛布に包《くる》まって横になった。

ゲラゲラとマクシームの下品な笑い声が、冷たい夜にこだました。

横になったままアカリがそっと呟《つぶや》くと、マクシームは短く答えた。

二人は風精《ふうせい》が不自然に動く気配を終始感じていた。


聴かれてますね。

赤くねぇんだろ?

はい。

ならほっとけよ。


自分の力には不安があるものの、なんだかんだ言ってマクシームを信用しているアカリは、そんな声に安心して目をつむった。

ごりごりした地面もそれほど悪くないなと思い始めていた。

ハンターたちはその翌朝早くに、何事もなく去っていった。

夜遅くまで起きていた蔵人《くらんど》が、それを見送ることはなかった。

第7話　ハンター

二度目の吹雪明け、崖の上に立つ蔵人《くらんど》はハンターを見つける。

眼下を歩く見慣れないハンターたちの後ろには、黒髪の少女がいた。


同郷の召喚者が何事もなく去っていったあと、蔵人は仔魔獣の世話をするためしばらく洞窟から出ることはなかった。

煮て溶かした携帯食を与え、排便を促し、身体を洗ってやる。一人だった生活が途端に忙しくなってしまった。

一年分あった携帯食は、百八十日間の洞窟生活で頻発した気絶によって三度三度の規則的な食事が取れなかったため半分以上残っていたが、さらにそこから半分が仔魔獣の腹の内に消えていった。

蔵人自身は親魔獣が残していった獲物の肉と、毒も益もないような野草を食べた。携帯食に飽きていたのだ。

いつまでも名がないと不便だなと考えたのもこの頃で、蔵人は仔魔獣を両手で抱えて目の前に持ち上げ、はてオスかメスかなどと不届きにも股間《こかん》を確認した。

ぶら下がっているものが表にはなさそうであるが、そもそもぶら下がっているものなのか、体内にあるのではないのかと、ひっくり返したり、覗《のぞ》き込んだりしたが、哺乳類の類《たぐい》を飼育したことのない蔵人には判別がつきそうになかった。

この時点で若干、仔魔獣のゴキゲンが悪くなるのだが蔵人は気づかなかった。

結局、オスでもメスでもいいように『雪白《ゆきしろ》』と名づけた。

最初にシロだのシロクロだのつけようとして、すでにご機嫌斜めだった雪白にその親譲りの長い尻尾で顔をひっぱたかれたのは、無神経が過ぎた蔵人の自業自得である。

雪白と名づけられた仔魔獣は、しばらくつーんとして蔵人にそっぽを向いていた。


そんなドタバタであっという間に時は過ぎ、ようやく雪も解け、冷たい風の中にときおり暖かな風が混じるようになった。

雪白は白黒の長い尻尾をくねらせながら、岩の突き出た斜面や峻険《しゅんけん》な山肌を次から次に飛び移っていた。

親を失ったあの日から九十日ほど経った現在、雪白は中型犬ほどになり、大きさ以外は親魔獣にそっくりであった。

その上、性格も似たようである。

現に今、あの憐《あわ》れむような視線を蔵人に向けていた。

斜面の植物につまずいてすっ転んだ蔵人を、いつかの親魔獣のように岩の上から立ち止まって見下ろしていた。

それも致し方ないと言えた。

食べられる野草と毒草の判別も、小動物の狩りも、外敵からの逃げ方も、すぐに雪白のほうが順応して見せた。

蔵人が毒草、毒花、毒キノコを摘《つ》みそうになっては尻尾で指導し、小動物に気配を悟られては憐れみ、大きな棘《とげ》だらけの蜘蛛《くも》の糸に引っ掛かってはお互いなんとか逃げ切ったあとにペシンペシンと尻尾で抗議する。雪白がいなければ蔵人はエサとなっていたことは言うまでもない。

魔獣は生まれつき精霊や魔力が見えると魔法教本にはある。

親に習ったわけでもないのに採取、狩り、逃走ができるというのは、すべての五感にその力が付随して発揮されているせいであった。

そんな草木や小動物が繁茂する季節の中、蔵人は山の生活に揉《も》まれていった。

そして季節は移り、また吹雪がやってきた。

ナイフのキズは四百本となり、蔵人は暫定的にこれを一年として自らの歳を二十六歳とした。

蔵人はおよそ四百日で季節が一巡すると仮定した。猛吹雪の厳冬期が百八十日、雪が解けたり凍ったりとを繰り変えす寒冷期が九十日、動植物が活発に活動する温暖期が四十日、そこから文字どおり日一日と冷えて厳冬期に向かう九十日の、おおよそ四百日であった。

上下の見境なく吹き荒れる音を聞きながら、蔵人は三本角の鹿の尾から作ったタワシのようなブラシで雪白の毛を梳《す》いていた。

皮のほうは肉を食べるためにボロボロにしてしまったが、残った尾がもったいないなと手慰みに作ってみたら、雪白はこれをいたく気に入ってせがむようになっていた。

蔵人にとって厳冬期は篭《こ》もるしかなかったが、雪白にとっては違うらしく、毎日のように外へ出かけてはたまに獲物を狩って帰ってくる。

帰ってくると、蔵人が洞窟の床をくりぬいて作った風呂に飛び込み身体を洗う。それが終わると水を払って蔵人の前に寝そべり、ブラシを催促するのだ。

外からせっせと雪を運んで火精《ひせい》で湯を沸かすのも、風呂上がりの雪白を乾かしながら毛を梳くのも、当然蔵人の仕事である。

今シーズンまともに狩りも採取もできなかった身としては何も言うことはないが、託されたのか、保護されたのかは、やはりわからないなと独り言《ご》ちる蔵人であった。

部屋も一つ増えた。

最奥の部屋のさらに奥に作られた蔵人の作業部屋兼運動場である。幅は両手を広げられるより少し余裕があるくらいだが、弓が放てそうなほど奥行きがあった。そして出入り口近くは怪しげなものが雑然と置かれている。

蔵人はここで、親魔獣の残した獲物の使えそうな部位や自ら採取したものをいじくりまわしたり、魔法の練習、筋トレなどをしたりしている。

収入の少なかった蔵人はなにかと自分で作ったり、直したりしていたが、せいぜいが日曜大工程度である。

できたブラシも不格好なタワシといえなくもない出来上がりであったが、本人は使えなくはないと至って前向きであった。

そんな微妙に充実しつつある雪山生活をこなしていると、二度目の厳冬期が終わった。

そしてすぐに蔵人と雪白は、夜明けとともに洞窟を飛び出した。

雪白はほぼ地球の雪豹《ゆきひょう》と変わらないくらいになり、今も十メートル近い岩をひょいと跳び上がって周囲を見渡している。

ハンターの有無を確認しているのだ。

厳冬期中に蔵人は、親魔獣が討伐された夜のことを雪白に説明したうえで、次の飛雪豹《イルニーク》の討伐日をどうするかを話し合った。

話し合ったといっても蔵人が話し、それに雪白が頷《うなず》いたり、嫌がったりする程度だ。

その中で雪白も蔵人も仇《かたき》を討とうとは考えてはいなかった。

見つからないように隠れ、潜む。逃げ回る。

かくれんぼである。

ただし、絶対に見つかってはならない。

この地より逃げ出すという手もあるが、それは雪白が嫌がった。

この山から逃げてしまうというのと、見つからないというのは、雪白にとって違うようだった。

もしかするとすでにこの辺り一帯をナワバリとして意識しているのかもしれない。

だとしても蔵人はそれに従うだけだ、雪白の運命である。

年に一度のことだ、逃げまくればいい。

おそらく三日、厳冬期明けの三日を過ぎれば彼らは諦めるだろうと蔵人は考えていた。

大きな棘を持った巨大な毒蜘蛛が、三日を過ぎればこの山を闊歩《かっぽ》し始める。

以前に蔵人がひっかかった糸もこの蜘蛛の糸で、あの姿は二度と見たくないと思わせるものだった。

親魔獣にも匹敵しそうな大蜘蛛を悠々と倒しながらここまで来れる実力のあるハンターがいれば、自分たちは逃げるしかないが、それなりのハンターなら大蜘蛛を避けて行動するはずだ。

それが三日の期限である。

イレギュラーの存在さえなければ、雪白が見つかることはない。本気で隠れた雪白は、獲物に至近距離まで近づいても気づかれない。隠れていると知っていても、蔵人には見つけることができなかった。

ターゲットは雪白だ。

蔵人は見つかってもいいのだ、ただの人間なのだから。

多少不審に思われようとも、いかようにもなる。

そんな風に思っていた蔵人の目が急に細められる。

洞窟の裏にある崖の遥《はる》か下に、ハンターの集団を捉えた。

だがその中にアカリという黒髪の少女の姿があったのだ。

雪白よりも先の発見であったが、蔵人に喜びの様子はなかった。

数は十五人。
各々違う格好をしているのは救いだろうか。
雪白のいるところへ、あと一日もあれば到着しそうである。
事態としては非常に面倒なことになったと蔵人は眉をしかめた。
詳細はわからないが、同郷の召喚者は高度な索敵能力を持っている。
まず間違いなく見つかってしまうだろう。
場所を常に把握されては、雪白とてどうにもなるまい。

第8話　ハンターたちの悪夢

　ハンターたちは谷を抜け、低地の森林帯を越えたところで野営をし、朝靄《あさもや》のかかる早朝に出発した。

　わずかに積もっている雪を踏みつけながら、十五人の集団は刺々《とげとげ》しい葉を持つ木々に分け入る。

　明らかに植生が変わり、ハンターたちの顔色も真剣なものに変わった。

　すでに『悪夢』のテリトリーにいるのだ。まだ眠りの最中とはいえ、油断はできない。この山を知るハンターならば慎重になって当然であったが、この集団はどことなく浮き足立っていた。

『勇者』の少女に関して言うならば、現実主義のハンターとしてはその性《さが》ゆえに信用しきれていなかったが、高精度の索敵能力はあって困ることはない。本人も我儘《わがまま》を言わず黙々とついてくるのだから、それほど問題ではなかった。

　問題はその少女に対して執拗《しつよう》に絡む、ザウル・ドミトール・ブラゴイというハンターであった。

　何かあれば「卑怯者《ひきょうもの》のローラナ」と公言して憚《はばか》らないこの男は、この狩りでアカリをまともに扱う気などなかった。

　ローラナ王室のごり押しで派遣されたハンターが、五十年ぶりの白幻《はくげん》討伐を成した。

　その獲物は過去に例のない大きさであり、そのこともまた参加したハンターと『勇者』の名を王国の隅々にまで轟《とどろ》かせた。

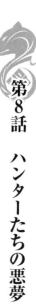

何から何までザウルにとって気に入らなかった。

ザウルはエルロドリアナ連合王国ドルガン議会旧貴族系議員の三男で、中央政府のあるローラナを敵視している。これはドルガン人全体に言えることで、ある種の気質とでも言うべきものであった。

ローラナ、ドルガン、ブルオルダ、イングート、アド・アラニアの五つの地域は、百五十年ほど前に民主制への移行を機にエルロドリアナ連合王国となり、ローラナに中央政府を置いた。

しかし、長い時間をかけてもドルガンのローラナに対抗する気質はまったく薄れることなく、今もくすぶっている。

その理由として、遡《さかのぼ》れば千年以上の積み重ねがあるのだが、一言で言ってしまえば『ローラナ人なんてキライだ』に集約される。

そんな間柄のローラナが、ドルガンのハンターを差し置いて五十年ぶりとなる白幻討伐を成功させたとあって、ドルガンのメンツは丸潰《まるつぶ》れになった。

ドルガン議会は紛糾した。

辺境を多く抱え、魔獣と怪物《モンスター》相手に戦いを続けたドルガンにとって、ハンターは誇りである。それがローラナに後れをとるとは何事か、と。

議会の総意として、『遭遇さえできれば飛雪豹《イルニーク》など騒ぎ立てるようなものではない。勇者様のお力を借りられれば、あっという間に狩ってみせよう。ローラナも勇者様のお力を借りたのだから文句はあるまい』と。

それをローラナ中央政府に押し込んだ。

明らかに勇者の部分に揶揄《やゆ》を入れて。

中央政府にとっては、王室が独自にゴリ押ししてしまったとはいえ、ドルガンのメンツを潰してしまったのは事実である。ドルガンとの関係を下手にこじらせて、分離独立など図られては目も当てられない。

たかが狩りと思いながら、しぶしぶ了承した。

そしてドルガン議会は、アレルドゥリア山脈の麓の村の掟《おきて》を強権で抑え込んで、白幻討伐者を指名した。

そして、くじ引きにさえ当たればいつでも狩れると豪語していたザウルに白羽の矢が立ったのだ。

実際のところは、村の掟を破ることを好まない有力なハンターが軒並み断ったというのが事実だったが、ザウルはそれを腑抜《ふぬ》けどもがと鼻で笑っていたという。

どこの馬の骨とも知れない勇者の力を借りねばならないことすら気にいらなかった。

ドルガンのハンターが白幻討伐を成すのだ。そうでなくては意味がない。

ザウルは忌々《いまいま》しげにアカリを睨《にら》みつけた。

とうのアカリは何も言わず、黙々と歩いた。

このハンターに関わる気は一切なかった。というか、もううんざりしていた。

召喚された学園では冷遇され、呼ばれたかと思えば王室の我儘を聞かされたり、政治に右往左往させられたり。この一年ですっかりクタクタになっていた。

狩れようが、狩れまいがどうでもいいという心持ちである。


そんなちぐはぐな空気がハンターたちの調子を狂わせていた。

突然だった。

白い獣が木々の合間から飛び出すと、ハンターたちの前を横切る形で立ち止まった。

不自然なほど突然のことで、ハンターたちは周囲を見回す。

白幻が出現するという標高からは外れており、ハンターたちもまったく気配を感じなかった。そのうえ、今まではぐれ狼《おおかみ》程度でも警告のあったアカリの反応もなかったのだ。

だがハンターたちが警戒している間に白い獣は、ふっと姿を消した。

しかしザウルの目はしっかりと木に跳び上がった獣を捉えていた。

ハンターとしての腕が悪いわけではないのだ。

「おいっ、どうなってやがる！」

言うや否や、ザウルは追いかけた。

「待って――」

「使えねえ奴は黙ってろっ！」

アカリの制止は振り切られた。

アカリの力がまったく反応しない状態での遭遇に、これ幸いとばかりにザウルはアカリの言葉を聞かなかった。

他のハンターも躊躇《ためら》いながらも追いかけた。腐っても雇い主である。

そしてアカリもハンターとして仲間を見捨てるわけにもいかず、仕方なく彼らの背を追いかけた。


追いついた飛雪豹《イルニーク》とおぼしい獣は、大きな岩の上で毛づくろいを始めていた。

まるで人間を意に介した様子のない仕草に、ハンターたちはさすがに戸惑いを浮かべる。

しかし、ザウルはそんなことお構いなしといった様子で、一斉攻撃の合図を出す。

ハンターたちは戸惑いながらも雇い主であるザウルに従って、弓や杖《つえ》を取り出して構えた。

やっとアカリが追いついて、制止しようとするが、ザウルはそれを無視して雷撃を放った。

それと同時に数本の雷撃と追い風を受けた矢の群れが木々を縫って飛雪豹《イルニーク》に放たれた。

そして、直撃。

ザウルは確かな手応えに笑みを浮かべた。

だが、その笑みは次の瞬間に凍りつく。

確かに直撃はした。

飛雪豹《イルニーク》のいた『岩』が動いたのだから。

――否、それは『岩』ではなかった。

冬越えのために文字どおり『岩』となって眠っていた『大棘地蜘蛛《アトラバシク》』に炸裂《さくれつ》したのだ。

飛雪豹《イルニーク》など姿も形もない。

『悪夢』と呼ばれる大蜘蛛《おおぐも》の、光沢のある八つの銀眼が光を帯びた。

大牙がもぞりと動き、八つの脚と身体から生える円錐《えんすい》形の大きな棘《とげ》がギシリと音をたてた。

本来、大棘地蜘蛛《アトラバシク》を一度でも狩ったことのあるハンターならば、専用の装備も準備もしていないこの状態でとるべき選択肢は、『逃げ』の一択である。

しかし、この場を取り仕切る者はザウルである。それが運命を決した。

見上げるほどもある大蜘蛛。

ハンターたちに『悪夢』と称されるそれは前進しだした。

ザウルは矢を放つ。

撤退など考えもしなかった。

それに釣られるように他のハンターも火力を叩《たた》き込んだ。

それでも前進は止まらない。

矢も魔法もものともしない体表には、うっすらと土が覆っていた。

大棘地蜘蛛《アトラバシク》は地面に張り巡らせた糸からの情報をもとに待ち伏せて獲物を襲うといわれ、獲物を追いかけて襲うということはしない。

その大棘地蜘蛛《アトラバシク》が唯一敵を殺しきるまで追いかけるのは、つまり石化の発動と解除の最中に攻撃を加えられたときであった。

ぎこちなかった大棘地蜘蛛《アトラバシク》の動きが変わる。

石化が解けきっていた。

怒りに狂う大棘地蜘蛛《アトラバシク》は一息でハンターに詰め寄った。

それだけでハンターの集団は、瓦解《がかい》した。

制止しようとしていたアカリは、茫然《ぼうぜん》とそれを見つめるしかなかった。

さっきまでは存在しなかった赤点が、脳内の地図に現れていた。

もともと、赤点はなかった。

飛雪豹《イルニーク》が目の前にいるにもかかわらず、赤点はなかったのだ。

こんな時に、なぜ自分の力は自分を裏切るのか。

一定以上の敵意、一定以上の力というのは確かに不安定だが、目の前にいる自分より強い敵に反応しなかったことは一度もなかった。

あの飛雪豹《イルニーク》に敵意がなかったとでもいうのだろうか。

いや、だから、だから今さらなんだというのだ、とアカリはへたり込んだ。

逃げ惑うハンターたちと何かが咀嚼《そしゃく》されるような音。

「帰りたいな……」

アカリは無意識にそうこぼしていた。

大棘地蜘蛛《アトラバシク》の八つの目が、藪《やぶ》の中のアカリを見つける。

アカリはすべてを諦めた。

その騒動の最中、誰に気づかれることもなく、何かを咥《くわ》え山を駆け上る雪白《ゆきしろ》の姿があった。

第9話　悪夢の理由

初めからあの蜘蛛《くも》をけしかければよかったのだ。

ナワバリを放棄して雪山のさらに奥へと逃走するという完全なる敗走か、姿を見せながら逃走しつつ各個撃破または離脱を目指すべきか。

アカリという存在のために、この二択を迫られることになった。

前者は雪白《ゆきしろ》が嫌がり、後者は蔵人《くらんど》が心配した。

どのような魔法が存在しているかわからないのだ。捕獲専用魔法や速度に優れた魔法などもあるかもしれない。

一般汎用《はんよう》性や単純火力に優れた精霊魔法であるが、精霊魔法が認知される以前、世界を支配していた力が現在において自律魔法と呼ばれているものであった。

精霊魔法が精霊の力で世界に『干渉』するものであるのに対して、自律魔法は自身の力で世界を一時的に『誤魔化す』ものであると言われる。

これは非常に煩雑で複雑な方法を用いて魔力を魔法とする。

精霊魔法では魔力と意思さえきちんと伝えられれば詠唱など不要だが、自律魔法では詠唱がほぼ必須であり、杖《つえ》や指輪などの装備も必要となる。

魔力効率も精霊魔法のほうが優れており、一の魔力でやれることを、自律魔法では百の魔力を必要とする。そのため、魔法を使う者の魔力の多寡がその能力の差となって表れることも多かった。

精霊魔法は基本的に習得しやすく、適性の差はあれど万人が用いることができるが、自律魔法は儀式や装備に非常に金銭がかかり、かつ習得に多大な時間を要するため限られた人間にしか使えない。

精霊魔法が水そのものを呼び出して使えるのに対して、自律魔法が生み出した『水の矢』などは使用後に消失してしまう。水が先か、水精《すいせい》が先か、という議論もあるが、実際の物質を扱えるというのはいろいろな方面で有用である。

あらゆる点で精霊魔法のほうが優位に立つことは、およそ二百年前にある日突然精霊を認識し、精霊魔法に目覚めていった名も無き市民たちが起こした市民革命によって世の支配層が変わっていったことからもわかるが、それでも自律魔法が今もなお受け継がれている理由は一つである。

自律魔法は世界を『誤魔化す』ことができる。

精霊魔法のできることは世界の法則に沿ったことであるのに対して、自律魔法は方法さえ確立していれば、世界の法則を一時的に無視することができるのである。

例えば魔力で生成される魔力の矢、物質的なものや魔法現象から身を守る不可視の盾を生み出す物理障壁や魔法障壁といった超自然的なことが可能であった。

その超常的な力は、精霊魔法が確立する以前のこの世界で貴族や王族の力となり、地位を確立させた。現在も存在する旧貴族たちや一部の魔法使いはそれを秘匿し、子孫に伝え、さらには魔法具を開発してその地位を高めていた。

その秘密性ゆえにどんな魔法が存在するかはまったくわからないといっても過言ではなかった。

蔵人が姿を見せての戦闘に否定的だったのは、魔法教本でそれを知っていたためであった。

二択が潰《つぶ》れてしまった。一人と一匹は戻ってきた洞窟の中で沈黙する。

奇策など思いつくはずもない。蔵人は取り留めもなく考える。

自分たちが動けないなら、自分たち以外を用いればいい。

しかし、それではコントロールを失ってしまう。

無暗《むやみ》やたらと殺すわけには……。

罠《わな》は……生粋のハンターが引っかかるわけもない。それ以前に自らの存在がばれる。

いや、ばれても問題はない。

存在がばれてもいい、のか？　いや、しかし……。

蔵人の思考が堂々巡りを始めかけたとき、ふと、ひっかかる。

ひっかかって、途端に『それ』は融解していった。

コントロール、無暗に殺す、それはいけない。蔵人の無意識の制限であった。

二択が潰れたとき、なぜこんな簡単な方法を思いつかなかったのか。

赤の他人の命など考えなければいい。

蔵人はどこかで地球の人間側、という倫理を守ろうとしていた。

その倫理に首を傾《かし》げていたというのに。

そもそも襲ってきているのだから逆に襲われるのもハンターの覚悟のうちであろう。過剰防衛などとは言うまい。

蔵人は一宿一飯ではないにしろ、恩とでも言うべきものを親魔獣と雪白に感じていた。

自分で望んだこととはいえ、雪山に一人きり。やることがあったとはいえ、その孤独を紛らわすことができ、そして生活をともにするようになった。存外、それが悪くなかった。

相手が人ではないところに自身の欠落を垣間見たような気がしたが、同居人がたまたま魔獣であったというだけのこと。人間嫌いなどと言うつもりもない。なによりも自身が人間なのだから。

人間と魔獣を天秤《てんびん》にかけるのではない。

魔獣の側に立つのでもない。

『雪白』の側にいることをただ忘れないだけだ。

「蜘蛛をけしかけてやろう」

そろそろお腹が空いてきたんだけど、と言わんばかりに不機嫌そうであった雪白は、きょとんとした顔をする。

蜘蛛と飛雪豹《イルニーク》、このアレルドゥリア山脈の捕食者同士であり、相容《あいい》れない存在である。

この地のピラミッドの頂点同士として何かあるかなとも蔵人は思ったが、別段ないらしい。

雪白はゴハンゴハンと催促するように尻尾でペシペシと、蔵人の胡坐《あぐら》をかいた脚を叩《たた》くだけだった。

そして翌日、雪白はあっさりとアカリをさらってきた。

傷つけずに、そして雪白がそうしてもいいと思うならさらってきてくれと出発前に蔵人が頼んだのだったが、どうやら連れてきてくれたらしい。

「助かったよ」

蔵人がアカリを受け取って、肩に担ぎながら雪白の頭をガシガシと撫《な》でると、雪白はするりと抜け出してしまった。

だがそれでいて尻尾をピンと立てたまま、上機嫌に洞窟に向かっていった。


アカリが目を覚まし、眠そうな目を擦りながら身を起こした。

日はすでに落ちきり、囲炉裏《いろり》に拳大の火が浮いて揺らめいていた。

蔵人は囲炉裏越しにアカリの対面に陣取り、いつものように雪白にブラッシングをしていた。

「……生きてるのかな？」

「ん？　ああ、生きてるな」

突然の声にアカリは蔵人のほうを見る。

「……あれ？　なんで、えっ、ここ？　大棘地蜘蛛《アトラバシク》は……ていうかそれ飛雪豹《イルニーク》……と、誰？」

見事に混乱していた。

雪白はアカリの声にピクリと反応して一瞥《いちべつ》するが、再び蔵人のブラッシングにぐで〜と地面に伸びきってしまっていた。アカリなどまるで眼中にないといった様子である。

「あっ……よ、用務員さん？」

意外にもアカリは蔵人を覚えてるようだった。

風呂にも入っているし、髭《ひげ》もナイフで時々剃《そ》っている。髪も適当にナイフで切りそろえていたが、どうしても日本にいた頃より長くなっているため蔵人は気づかれないと踏んでいた。

蔵人はもちろん覚えていた。

朝と帰り、見かけると挨拶をする、そんな間柄でしかなかったが。

お互い名前なんて知らない。新入生と用務員、ただそれだけの関係だ。

だが、そんなことでも覚えているものだ。

アカリが大棘地蜘蛛《アトラバシク》に殺されなかったのも、顔見知りを見捨てるのはさすがに後味が悪いというのが蔵人なりの理由の一つであったのだから、挨拶も馬鹿にしたものじゃない。

そんな蔵人と召喚者の初対面なんて、ブラッシングほどの価値もないと雪白が大きく欠伸《あくび》をした。

第10話　アカリが生きている理由

蔵人《くらんど》は簡単に説明した。

蜘蛛《くも》に襲われていたところを雪白《ゆきしろ》が救出した、と。

非常に恣意《しい》的な短縮ではあったが、嘘《うそ》は言っていない。

「そうでしたか、ありがとうございます」

アカリはそれに気づいた様子もなく素直に頭を下げた。

よく見るとアカリは一年前よりいくぶん大人びていた。

黒髪のショートカットに小柄で華奢《きゃしゃ》な身体つき、真面目で大人しいという印象は召喚される前と変わらないが、疲れたような目つきが薄幸さを醸し出していた。

皮の上下の上に使い込まれた白の胸甲板《きょうこうばん》を着て、逃げたときに捨てたのか荷物はない。

持っていた弓矢と大振りのナイフは気絶していたときに蔵人が没収していた。

「で、これからどうする？」

「明日の朝に帰りますから、よければ一泊させてください」

蔵人は予想された返答を聞きながら、囲炉裏《いろり》の上に土精《どせい》魔法で脚付きの鍋を作り、用意しておいた肉と野草、少なくなってきた携帯食を放り込んだ。

そして甕《かめ》に貯めておいた水を入れて、蓋《ふた》をした。

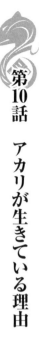

その様子をアカリは目を丸くして眺めていた。

「ど、どうやって魔法を覚えたんですか？」

「ん？　ああ、教本でな」

「教本、ですか？」

小首を傾《かし》げるアカリに、鍋の完成待つ間、蔵人は自分がなぜここにいるのかを説明した。

説明を聞き終わったアカリは申し訳なさそうな顔をしていた。

「……ご、ごめんなさい」

「ん〜？」

「用務員さんがこの世界に来てるかどうかわからなくて、上の人に捜索をお願いしなかったんです」

「ああ、そのことか。別にいいよ、そんなこと。ていうか捜されても迷惑だしな」

「そ、それに用務員さんの力を盗んだのも、同じクラスの子ですし……」

「それこそ君には関係ないよ」

「……アカリです。藤城明里《ふじしろあかり》です。こっちではアカリ・フジシロですけど」

「アカリさん、ね」

「呼び捨てでいいです。用務員さんの名前は……」

「ん、ああ、支部蔵人《はせべ》、でも用務員さんでいいよ。アカリに謝罪してもらうことでもないしな」

それでもアカリは、本当に申し訳なさそうに顔を伏せたままであった。

室内の光は鍋を熱する拳大の炎だけで、部屋全体は淡いオレンジ色に染まっている。

しばらくしてアカリは、意を決したように顔を上げ、おもむろに口を開いた。

「――この世界、エリプスでは勇者は七十八人ということになっています」

鍋の中をナイフでかき混ぜながら、蔵人は無言で耳を傾けた。

アカリによると、一学年二十五名、全学年合わせて七十五名と教師三名の七十八名は皆、エリプスの『学園』に召喚され、そこでいわゆる『勇者』と呼ばれるようになったのだという。

無論、そこに蔵人はいない。

七十九人目の召喚者である用務員こと蔵人の存在は、アカリたち全員の中で暗黙のうちに禁忌《タブー》となっており、この世界の人間には秘密にされてきた。

召喚されて誰もが戸惑う中で、蔵人の存在が忘れられていたというのもあったが、それであるなら時間さえ経てば誰かが言い出してもおかしくなかった。

それがされなかったのは、召喚者の混乱の収まらないうちにいち早くこの世界に力を示し、その価値をしらしめた者のせいであった。

一原颯人《いちはらはやと》。

蔵人の力を盗んだ生徒である。

召喚者の中で唯一、二つの神の加護《プロヴィデンス》を持った彼は、召喚されて一ヵ月もしないうちに学園に飛来した人食い鳥を討伐。その後も人身売買組織を壊滅させ、王女の病を治す薬を調達し、召喚された学園の学食を改善した。

本人は現在、ハンター、探索者、開拓など、さながら冒険者のように生活しつつ、国と関わりを持って元の世界の知識を有効活用している。その取り巻きも召喚された全学年をまたいで存在し、教師も一人そこに加わった。召喚した魔法使いも一緒におり、召喚者中最大勢力となった。

ゆえに召喚者最大勢力のリーダーである彼を、他人の力を奪った存在であると誰も糾弾することはできなくなってしまっていた。

召喚者を利用しよう、排斥しようとする輩《やから》も存在する中で、そんなスキャンダルは召喚者たちにとってなんの益もないどころか、不利益にしかならない。

最大目標は『日本に帰ること』らしいが、どうにも信用できないためアカリは抜けてきた。

召喚者に彼を批判する者はいないし、意見する者もいない。

それがどことなく気持ち悪かった。だから、マクシームの誘いに乗った。

それによって妨害こそないものの、颯人が持つ国との関係の恩恵を受けることはできず、国の政治に翻弄《ほんろう》されている自分に損をしたと思ったこともあるが、信用できないものはどうにも受け入れられなかった。

アカリは堪《こら》えていたものを吐き出すように語り終えた。

「気にするな。俺は今の生活を気に入っている」

最後の審判を待つようなアカリに、倒木を削って作った武骨なお椀《わん》と箸を差し出す蔵人。

召喚されて現在に至るまで、アカリの言う『神の加護《プロヴィデンス》』と呼べるような力は蔵人に発現していなかった。アカリが言った一原颯人が持つ二つの加護のうちの一つが自分のものだとすれば、力は取り戻せなかったということになる。だが、今さらそれが羨ましいとも蔵人は思わなかった。

「下手に勇者なんぞと祭り上げられても鬱陶《うっとう》しいし、大人なんだから生徒たちに責任持てとか言われるのも面倒だ。今さら勇者とか言われてここに来られても困るしな。だから、俺のことは秘密にしてくれるか？」

アカリが受け取ったお椀の中には、シチューのような食べ物があった。

「ほれ、冷める前に食え。おっきくなれないぞ？」

蔵人は雪白の前にもお椀を置いた。

オヤツのようなものである。雪白もアチアチとした感じでちびちびと器用に舐《な》めていた。

「……ちいさくないですっ」

蔵人がへっ、とマヌケな声をあげたときには、アカリはがつがつとお椀をかき込んでいた。

「お、おいしいですけど、これシチューですか？　それともカレー？」

「カレー風味のシチューだな」

「……どっちなんですか、それ」

カレーの風味に似た野草があったので、それを放り込んでみたらしい。

「うん、まあまあイケるな」

「えっ、実験台ですか？」

「……気にスンナ」

「し、しますよ。それにこのシチューの素はなんです？　そんなものないですよね？」

「ん、ああ、こっちに来るときに貰《もら》った携帯食を溶かし込んだらこうなるみたいだな。栄養たっぷりだぞ？　雪白もこれを食べて育ったんだしな」

アカリがお椀から顔を上げて、熱々のシチューと格闘する雪白を見た。

「雪白って、その飛雪豹《イルニーク》？」

「そうだ。アカリたちの狩ったでかい飛雪豹《イルニーク》の子供だ」

アカリは顔を青くし、また俯《うつむ》いてしまった。

「気にしなくていい、と思うぞ。一応説明してあるしな。まあ直接戦った狩人にはどう反応するかわからないが」

「……なんで私は助けられたんでしょうか。親の仇《かたき》なのに。それに多分ですけど、そもそもその飛雪豹《イルニーク》が大棘地蜘蛛《アトラバシク》をけしかけたんだと思うんです」

蔵人は話しながらずっと考えていた。

本当のことを話すべきか、とりあえず誤魔化すか。

「さあな」

「……あれ？　でもなんで知ってるんですか、私たちが大きな飛雪豹《イルニーク》を狩ったこと？」

「見てたし、聞いてたからな」

蔵人は楽しげにクックッと笑う。

「えっ、じゃあ、去年からもう――」

「――知ってたよ。今年また、誰かがここに来ることも」

アカリは眉をひそめる。

「……用務員さんが大棘地蜘蛛《アトラバシク》をけしかけたんですか？」

「どう思う？」

「……なんでそんなことを」

蔵人は本当に愉快そうに笑みを浮かべた。

蔵人自身にもわからないが、なぜかそんな気分であった。

「仮に俺がけしかけたとして、何か問題があるのか？」

不意の問いにアカリは戸惑いながらも、憤然と言い返す。

「だってあの『悪夢』を、それも石化明けをけしかけるなんて、完全に――」

「――完全に殺しにいってる、か？」

「そ、そうです」

「そうだな、殺しにいった。だってさ、殺しに来たんだろ？」

アカリは喉を詰まらせた。

そこには見たことのない用務員さんがいた。

第11話　蔵人の倫理

「まあ、あくまでも、仮に俺が蜘蛛《くも》をけしかけたとして、だ」

アカリは気圧《けお》されて口をつぐんでいた。

「まず前提として、俺と雪白《ゆきしろ》は一蓮托生《いちれんたくしょう》……いや、俺が雪白に食わしてもらってるに近いか」

そう言い置いて、一年前にアカリたちが親魔獣を狩りに来た前後から今までのことを話した。


「これで俺が召喚されてからのすべてを話したわけだが」

空になったお椀《わん》に目を落として俯《うつむ》いていたアカリが顔を上げる。

「それはもちろん気の毒で、申し訳なく思ってますが、それとこれとは関係ないと……」

眠たそうにうにゃうにゃしだした雪白の尻尾をからかいながら蔵人《くらんど》は続ける。

「まあ、つまりだ。俺と雪白は、『詰んだ』わけだ」

アカリの怪訝《けげん》な顔に気づきながらも、蔵人は食後の眠たさと他人の前だというプライドの間でうつらうつらする雪白を楽しそうにからかう。

「日本にいた頃から思ってたんだ。ああ、話が長くてすまんな。まあ、聞いてくれ。でな、路上で絡まれたら、まあ一人なら逃げてもいいんだが、連れがいたらとか考えるとな、けっこう難しいだろ？　もうその時点で詰んでるよな、物理的な弱者は」

蔵人は立て板に水といったように話し続ける。一年半ぶりとなる会話に、随分と飢えていたのかもしれない。

「連れがいるから逃げようにも追いつかれるし、助けを呼ぼうにも誰も助けてくれない。暴力に対して反撃するしかない。数人相手に、殺さないで適度にダメージを与えて、警察に通報する。難易度高いよな？　峰打ちでもしろってか？　失敗したら連れはどうなるかわかりきってるし、万が一殺したなんてなったら過剰防衛に問われる」

「……」

「まあ、これを俺は『詰んだ』と呼ぶんだが。そしたらさ、殺す気でやるしかないし、結果的に死んでも仕方ない。仕返しもやだしな。で、そうすると社会的に死ぬわけ……理不尽だよなぁ、――ふぶっ」

蔵人を無視することにした雪白は、最後に尻尾で一撃してから箱座りして目をつむってしまった。

蔵人は苦笑いしながら、さすがにもう邪魔はしない。

「だから狩りに来たら、殺されても、いえ、人の悪意でもって蜘蛛をけしかけられてもいいと？」

アカリはなぜかムキになっていた。

蔵人の言っていることは間違ってはいない。アカリ自身もマクシームに何度も言われていた。

狩りに行って狩られる奴もいる、忘れるなよ、と。

意味は少し違うが、言っていることは同じだ。

だが、狩りを装って蜘蛛をけしかけて人を殺すのは違う。

「ああ、すまん。まどろこっしすぎたな。つまりだ、俺が死ぬわけにはいかない、ということだ」

「なんであなたが死ぬんですか……逃げたっていいじゃないですか」

「戦ったらまあ雪白が狩られちゃうからダメだし、逃げるのは雪白自身が嫌ったし」

「そんなの関係――」

「――あるさ。人間は、というかアカリは自分の街に賊が来たらハイドーゾって渡すの？」

「戦うに決まってるじゃないですか」

アカリは憤然と言い返す。

「そっ、俺と雪白もそれをしただけ。最初からこう言えばよかったな。わかりにくくてすまん。こっちに来てから初めて人間と話したから、調子がおかしいのかもしれない。カンベンしてくれ」

正論である。

正論であるが、アカリにはずっと違和感が付いて回っていた。

蔵人が人の生き死にを淡々と話すその様が――。

――ああ、と、アカリは自分が何に戸惑って、いらついているのか、ようやく気づく。

間接的にとはいえ、蔵人が人を殺したこと、それが気持ち悪いのだ。

少なくとも、アカリを含む召喚者が人を殺したとは聞いていない。そもそもこのエリプスは地球の時代でいうと、小説では定番の中世ヨーロッパではなく、国によって違いはあるが産業革命以後か、第二次世界大戦以前というところである。

無論、魔法と機械という差はあるが。

つまりこの世界でもド辺境や魔獣の跋扈《ばっこ》する街の外は別として、それほど人の生死が軽いわけではないのだ。

法律はもちろんあるし、民主国家でもある。

「魔獣のために、なぜあなたが人を殺さなくてはいけないんですかっ」

魔獣と人の間には、明確な差がある。それは日本でもエリプスでも同じだ。


「雪白しかいなかったから、かな？」


蔵人はこともなげに言った。

「元の日本じゃ、まあ見てのとおり、うだつの上がらない男だったわけで、それなりに不満もあった。そして召喚されて、今度はどっかのガキに貰《もら》えるはずの力を奪われた。それに拗《す》ねて雪山なんか選んで、独りきりなわけだ。それに関しては自分で選んだことだ、悔いはない。悔いはないが、まあ、まったくの孤独っていうのはそれなりに堪えるわけだ」

「人里に下りればよかったじゃないですか」

「あいにくと人見知りでな。それに身分証もない人間が人里で受け入れられるのか？　まあ、そんなわけで面倒を見てくれた飛雪豹《イルニーク》と、現在進行形で食わしてもらってる雪白には感謝してるし、雪白がいないとかなり命の危機なんだよ。情けないことになっ。だから生きるために——殺すわけだ」

眠ってしまった雪白の背を蔵人が撫《な》でる。

「でも、そんなことしてたらいつか……」

「殺されるかもしれない。だからまあ、バレないようにやるわけだ」

アカリはまた俯き、そしてぽつりと言った。

「……なら、私はどうするんですか。バレないように殺しますか？」

蔵人は俯いたアカリを囲炉裏《いろり》越しに見ながら、内心では自身の愚かさを苦々しく思っていた。

十七歳の子供相手にペラペラと何を賢《さか》しらにのたまっているのか。

理解してほしいとでもいうのだろうか。馬鹿馬鹿しい。

そんなに人恋しかったのだろうか。相手は子供だ。

いや、その子供相手というのがいけなかったのかもしれない。

もう子供相手ではないと考えるべきだった。

この世界での力関係は拮抗《きっこう》、もしかしたら逆転しているのだ。

つまりは、迂闊《うかつ》なのだ。

子供と思ったのもあるだろうが、同じ召喚者を見て警戒心が緩んでいた。

本来であれば、雪白の存在を隠し、アカリに恩を売ってその対価に自分のことを秘密にしてもらい、情報を貰うなりして、すみやかにお帰りいただければ、ぎりぎり問題なかったかもしれない。

いや、蜘蛛から助けてそのまま山の麓に置いてくれればよかったのか。それが妥当だ。

一切を無視して皆殺しにして知らん顔していれば、ある意味最善であったかもしれないが、それができない以上は細心の注意をして接触しなければならなかった。

この世界に緩やかに溶け込み、生きていくには。


(殺されるのかな……)

アカリは中央政府にこのことを教えるつもりなどなかった。ドルガンなんてもってのほかだ。

今日あの場で死んでいてもおかしくなかったのだ。見栄や面子などというくだらないことで死ぬなんてばかばかしかった。

それに蔵人を売るわけにもいかなかった。

(確かに蜘蛛をけしかけられたのはショックだった。だけど……用務員さんをいないものとして扱ってしまった私たちにそれを非難する資格なんてない)

誰も蔵人を助けなかったのに、助けてほしいとは言えない。

蜘蛛から助けてもらっただけでも感謝しなくてはならない。

それが蔵人によるものだとしても、敵対者を助けたのには違いはない。

ついつっかかってしまったが、いつか自分も人を殺すかもしれない。

そう考えたことがあるからこそ、それを躊躇《ちゅうちょ》なく実行したことに恐れを抱いたのかもしれない。

(まあ、ここで殺されるのならしょうがないか。あの白いもふもふには勝てる気がしない)

そう思った自分がおかしくて、アカリはついクスッと笑ってしまった。

殺しますかというアカリの言葉に、蔵人は苦笑して首を横に振った。

「殺さない。黙っててくれれば、あとは帰ってくれていい」

「……嘘《うそ》つくかもしれませんよ？」

「そん時は自分がマヌケだったと諦める。実際かなりマヌケだしな。本当にいざとなったら逃げるさ」

そしておもむろに背中を見せて、ごろりと横になる。

「もう遅いから寝る。申し訳ないが寝具なんてないからそのへんで寝てくれ」

言うだけ言って、蔵人はすぐに眠ってしまった。

アカリはなんとなく釈然としないまま、胸甲板《きょうこうばん》と手甲《てっこう》をはずして横になった。

いろいろと考えていたつもりだったが疲れていたのだろう、あっという間に眠ってしまった。

第12話　赤い村

首筋から背筋に入り込んだ風に身を縮ませながら、アカリは目を覚ました。

伸びを一つしてから首や腕を回すと、昨夜は地べたに寝たせいか身体が硬い。

そのついでに洞窟を見回すと、蔵人《くらんど》も雪白《ゆきしろ》と呼ばれていた飛雪豹《イルニーク》も姿がなく、出入り口が開放されていた。

そこから帯のように朝日が差し込んでいる。

アカリが鎧《よろい》を着けて外に出ると蔵人は洞窟の出入り口のすぐそばで、向かいの山に向かって胡坐《あぐら》を組んでいた。ここにも雪白の姿はない。

「起きたか。何もなくてすまんな」

座禅を組んだまま顔も向けなかった。

「いえ、野営には慣れてますので」

「むぅっ、野営か。一応、家のつもりだったんだがな」

「あ、や、そんなことはっ」

慌てるアカリの様子にくっくっと喉を鳴らす蔵人。

「……たまにおちょくりますよね」

面白くないような顔をしたアカリに、蔵人は胡坐をといて立ち上がり、弓矢とナイフを差し出した。

「人がいないからなぁ。まあ、しばらくは一人……と一匹が続くだろうけどな」

アカリは弓矢とナイフを受け取る。

「いつ山を下りるつもりなんですか？」

「生活できるうちは山を下りる気はないけど、そろそろ塩とか醬油《しょうゆ》とか恋しくなってきたからな。まあ、そのうちな」

「塩はともかく、醬油ですか。残念ですけどこの辺にはほとんどありませんよ？」

蔵人はショックを受けたように、げっと唸《うな》る。

「ローラナの主要都市あたりに行けばありますけど、こんな辺境じゃありませんね。ちなみに米ならありますよ、野菜の扱いで。ただし、細長いやつで、非常に当たり外れが激しいです」

細長いのなら、ピラフとかパエリアならいけるか、しかし材料が……ブツブツ言い始めた蔵人にアカリは苦笑する。

アカリ自身、召喚されて半年後に初めて出されたご飯を、むさぼるように食べたのを覚えていた。

「お金、あるんですか？」

その言葉に蔵人がまた悲壮感を浮かべる。

「金貨とか銀貨とかそんな中世のような世界じゃないですよ？　ちゃんと魔法の組み込まれた紙幣と硬貨が使われてるんですからね」

各国それぞれ門外不出の自律魔法でもって紙幣を製造していた。それでも辺境では物々交換などが行われることもあるのだが、アカリはからかわれた仕返しに黙っていることにした。

そして、次来たときに教えてあげるつもりでいた。

「……また来てもいいですか？　いつになるかわからないですけど」

内心とは裏腹に声は小さくなってしまった。

「こんな何もないところに何しに来るんだよ」

「いえ、魔法のこととかいろいろと……」

「……いつでも来い、とは言わない」

アカリは残念そうな顔になる。

「吹雪の間は来れないだろうし、吹雪明けと吹雪入りの前後三日しかないんじゃないのか？」

「吹雪以外は来れます。そういう『能力』ですから」

「……それ、俺にばらしてもいいのか？」

アカリはあっという顔をする。

当然だろう。力は秘匿されている段階から周囲への無言の抑制になるのだ。

「いえ、いいんです。ついでに説明しておきますね」

「ちょっ、おい――」

逆に蔵人が焦ってしまうほどあっさりとアカリは自身の『不安定な地図と索敵《レーダーマップ》』の詳細を明かした。

そして説明しながら、アカリはハッと気づく。

彼は詳しいことはわからないにしろ、自分の能力に索敵があることを知っていたはず。

アカリは蔵人がこんなことを言っていたのを思い出す。

『……あれ？　でもなんで知ってるんですか、私たちが大きな飛雪豹《イルニーク》を狩ったこと？』

『見てたし、聞いてたからな』

『えっ、じゃあ、去年からもう――』

『――知ってたよ。今年また、誰かがここに来ることも』

つまり。

飛雪豹《イルニーク》を狩ったあの夜、話の間中、風精《ふうせい》の動きをアカリは感じていた。

あそこでは詳しい話はしなかったはずだが、索敵のことは話したような気がする。

自分さえいなければ、蔵人は人を殺さず、飛雪豹《イルニーク》と共にこの山で息をひそめていられたのかもしれない。自分がいたからこそ、大棘地蜘蛛《アトラバシク》をけしかけたのだ。

自分という索敵の能力のある者がいたら、どんなに巧妙に隠れたとしても、一緒にいる飛雪豹《イルニーク》の位置は特定されてしまうかもしれない。それにあの夜はそれほど細かく力の説明はしなかったはずで、蔵人はただの索敵だとしか知らないはずである。無差別に索敵する、そう考えていてもおかしくはなかった。

ではなぜ、自分を生かし、接触したのか。

同じ召喚者の誼《よし》み、それに他ならないだろう。

情報収集といった意味合いもあっただろうが、接触しないのが一番よかったはずである。

つまり、彼は殺しを好むような人間になったわけでも、人に無関心になったわけでもないのだ。

そして同時に、アカリ自身もまた綺麗事《きれいごと》を言えるような人間ではないとはっきりした。

この世界に召喚されて、ハンターになり、自分の手で魔獣を殺す。もしかしたら人間も殺さなければならなかったかもしれない。

認めたくなかったのかもしれない。

何か得体のしれないものになってしまうことを。

今回、自分がいなければ大棘地蜘蛛《アトラバシク》に襲われることはなかったのだ。

目の前で死んだハンターは半ば自分のせいで死んだようなものだ。

背負い過ぎているのもわかっているし、そんなことで落ち込むわけでもない。

ただ、自分も生きている。生きたい。そして彼もまた、生きている。生きたいのだ。

そう考えると、蔵人の生きるために殺した、ということが気持ち悪くないような気がした。

説明し終えたアカリはどこかふっきれたような顔をした。

「これでおあいこです。私の『加護』、秘密にしておいてくださいね？」

アカリはぽかんとした蔵人に、一矢報いてやったと小さな達成感を感じた。

「ドヤ顔しやがって……まあ、誰にもバレないように来るなら好きにしろ」

「そうします。それとついでに一つお願いが……」

「なんだよ……」

疲れたような蔵人の顔を無視してアカリは続ける。

「雪白、さん？　を、その、あの、モフらせてくれませんかっ」

冷たい沈黙が流れた。

馬鹿かコイツ、という蔵人の冷たい視線を浴びながらもアカリはひるまない。

「……本人に、聞け」

「魔獣とは喋《しゃべ》れません」

「あいつは頭がいいから、言えばわかる。嫌なら尻尾でひっぱたかれるさ」

あの尻尾でひっぱたかれる？

……それもいいかもしれない、などとアカリは怪しげなことを呟《つぶや》き始めた。

「ほれ、行くぞ。あの蜘蛛《くも》、大棘地蜘蛛《アトラバシク》だったか、それのナワバリの範囲外まではついていってやるから」

いつのまにかモスグリーンのリュックサックと他の装備を身に付けた蔵人が、アカリの返事を待つことなく斜面を下り始めていた。

「あっ、待ってください」

妄想の世界に旅立っていたアカリは慌てて追いかけた。

途中で合流した雪白に先のお願いをしたアカリだが、その顔を尻尾でひっぱたかれたのは当然の流れであった。

クスっと笑ったアカリを見て、蔵人は決めた。というか最初から決まっていたのだ。

殺せるわけがない。ならば帰すか、監禁するか、だ。

だが、監禁はできない。捜索隊が来るだろう。冷遇されていたらしいが『勇者』には違いないのだから。もしかしたら例のハヤトという奴も来るかもしれない。

話に聞くだけでもチートくさいのに、そんな奴がこの山に来るなど考えただけでも虫唾《むしず》が走る。

機会に恵まれたなら、崖から落ちそうなときにでも蹴飛ばしてやろうか。

そんな陰気な結論を出した蔵人は、山を下りながらも雪白との交渉を根気よく続けるアカリを見て、ようやく高校生らしい顔を見たと感じる。

ただ、相手が自分の狩った親魔獣の子だというのはどうなのだろうか。

そして雪白もまた非常に鬱陶《うっとう》しそうにしてはいるが、尻尾で叩《たた》く以外のことをしないのは、蔵人のことを考えてのことなのか。

なんとなく弱っちいから眼中にない、という気がするなと蔵人は一人で得心していた。

あっという間に大棘地蜘蛛《アトラバシク》の領域を抜けてしまったことにアカリは驚いていた。

道なき道を右に左に、地元のハンターですら知らないようなコースであった。現に太陽がまだ真上にある。これなら急げば今日中に村に戻れるかなとアカリは計算する。

「もし次来ることがあるなら、今来たルートは使うなよ。まあ、レーダーがあればわかるだろうが、蜘蛛のシーズンは使えないし、めんどくさい植物が毎回ルートを変えるみたいに動き回るからな。俺は雪白がいるからなんとかなるが」

「残念ながらこの地図には記録機能がないので、次使うのは難しいですね」

名残惜しそうに雪白を見てそう答える。

「……どっち向いて言ってんだか。まあ、いいや、はよ行け。日が暮れるぞ」

アカリはクスッと笑いながら蔵人を見て、頭を下げた。

「ありがとうございました」

「こっちの都合だ」

「私が言いたかったんです」

アカリはそう言って、山を下りていった。


日も落ちかけた頃、アカリはようやく山を下りきった。

村まであと少し、そう思ったところで、赤くなった。

アカリの頭の中の村が真っ赤に染まった。

第13話　赤い村への潜入

村人が寝静まった頃、数軒の店が火の灯《とも》ったランプを吊《つ》るしていた。

ほとんどが酒場で、酔客の声が外に漏れ聞こえている。

その陰に、蔵人《くらんど》はいた。

いつもどおり、この世界では目立つであろう作業着を着ていたが、明かりの少ないこの村では見《み》咎《とが》められることはなかった。

初めての人里が潜入とはなぁ、と思いながら、蔵人はしらみつぶしに酒場を覗《のぞ》いていった。

＊＊＊

アカリを送って翌々日、蔵人は大棘地蜘蛛《アトラバシク》のナワバリの境界ギリギリのところで、ふらふら歩くアカリを見つけた。

麓《ふもと》から一人で、大棘地蜘蛛《アトラバシク》のナワバリを神経を尖《とが》らせながら抜けてきたことは容易に推測できたが、なぜこんなありさまなのか。

潜りウサギの狩りを終えて洞窟に戻るところであった蔵人が駆け寄ると、アカリはフラッと倒れてしまった。

狩った獲物は文字どおり石を潜る兎《うさぎ》なわけだが、そんなことよりとそれを雪白《ゆきしろ》に渡して、蔵人はアカリを抱え上げた。

洞窟に寝かせたあと、しばらくして目を覚ましたアカリがポツポツとこぼすように話した。とはいえ情報はそれほど多くない。

山を下りたら麓《ふもと》の村が、敵性反応で真っ赤に染まっていた。

村から煙が上がっているわけでもなく、悲鳴や慌ただしさがないところをみると、『怪物の襲撃《エクスプロード》』や『魔獣の暴走《スタンピード》』ではないらしいことはわかった。

麓の村の反応をよく見ると、門番、ハンター協会支部、村長宅、お店や宿といった場所が赤く、村人の家すべてが赤くなっているわけではなかったという。

蔵人はぽつり、ぽつりと心を整理しながら話すアカリの言葉を、黙って聞いていた。

アカリはなんとか話し終えると、こみ上げる感情に顔を手で覆ってしまった。

嗚咽《おえつ》を堪《こら》えることができなかったのだ。

人が自らの与《あずか》り知らぬところで赤く変貌するのが怖かった。召喚された学園から抜けてきたのも、日ごとめまぐるしく変化する敵性反応を見るのが恐ろしかったからだ。

そして今度は村である。すべての村人と仲がよかったわけではないが、先日まで逞《たくま》しくも優しかった村が赤く染まっていた。堪えようのない恐怖と、そして悲しみがあった。

「――まあ、いい機会か。ちょっと様子を見てくる」

アカリは目をゴシゴシと擦ってから、顔を上げた。

「……身分証ないんですよね？」

「あるわけないだろ」

「それでは流民扱いされて入れませんよ。いいんです、なんか混乱してここにお邪魔してしまいましたけど、ローラナに戻ればなんとかなるはずですし」

「ローラナも赤くなってたらどうすんだ」

「……」

まるで遠慮のない蔵人の言いように、アカリは言葉もなかった。

それからいくつかやり取りをして、アカリのことを雪白に頼むと、蔵人は山を下った。

太陽が真上にある頃に下り始めて、その日の夜、日を跨《また》ぐ頃に麓の村へ到着するあたり、蔵人の身体能力も日本にいた頃からはかけ離れてきたわけだが、比較対象が雪白であるため本人にそれほど自覚はなかった。

雪山に召喚されたことによる身体適応と、雪山におよそ一年半篭《こ》もっての修行僧にも似た日々は、この世界の一般人という枠からも斜めに外れ始めていた。

仄《ほの》かな蒼《あお》い月明かりの下に、古い砦《とりで》のような村があった。

蔵人は見張り台の位置を確認する。

村は堀と土壁にぐるりと囲まれている。

堀は水こそなかったが、小舟が行き交うこともできそうなほど広く、土壁は一般人の背丈ほどであった。

ところどころにある修復の跡が、歴戦の戦士を思わせる。

しかし、言うなればそれだけだ。

監視や警戒の魔法がありそうなところだが、そんなものは村程度にはないとアカリから説明を受けていた。

魔法障壁や警戒魔法自体はあるという。ほとんどが国によって秘匿された自律魔法であるが、最近になって非常に値は張るが効果の数段落ちる汎用《はんよう》広域障壁や警戒魔法が販売されだしたそうだ。


障壁に頼らずとも、ドルガン人は全員が戦える。

古来から怪物《モンスター》や魔獣と戦い続けてきたドルガン人の誇りである。

事あるごとにドルガン議会は声高にそう叫ぶが、それが建前にすぎないのは誰もが知っていた。

本当のところは、金がないという一言に尽きた。

首都に障壁がないというのは国のメンツが立たないということでなんとか確保されたが、それ以外の辺境にまで障壁を買い与える余裕はなかった。


ようするに蔵人はあっさりと村の中に侵入を果たした。

闇精《あんせい》魔法で闇を纏《まと》って身を隠し、土精《どせい》魔法で土壁に小さく足場を作って上ったのだ。

と言えた。
対怪物《モンスター》、対魔獣用の堀であり、土壁であるのだから蔵人の侵入を拒めなかったのは致し方ない
そうして蔵人はアカリに言われたとおり、酒場を探し始めた。

＊＊＊

親魔獣と肉弾戦を繰り広げた大男、マクシームはアカリが行方不明になってからずっと飲み明かしていた。

政治取引の結果、アカリがドルガンに派遣されることになり、それを止めることができなかった。

強引に休暇をとってアレルドゥリア山脈の麓の村であるサレハドまでアカリを送ったが、狩りに行ったきりアカリは帰ってこなかった。

旧貴族のハンターなどに預けるんじゃなかった、と今さらながら後悔したが、後の祭りである。

何度、自分で探しに行こうと思ったことか。

マクシームは十何本目かの粗悪な蒸留酒《ヴォギラ》を飲み干して、乱暴に瓶ごとテーブルに叩《たた》きつけた。

一般的な白系人種《ひとしゅ》の倍はある巨人種《きょじんしゅ》と比べると瓶はひどく小さく見える。

それが割れないところを見ると、まだ手加減をしているであろうことは明白だが、まばらな客は息をひそめるようにして荒れた巨人種に関わろうとはしなかった。

その瓶を叩きつけた音とほとんど同時に、マクシームの目の前に粗末な紙キレがスルリと滑り込

んだ。

マクシームはそれを取ろうとする。

しかし紙キレはさっと取り上げられた。

「面白そうなもん持ってんじゃねぇか」

ぎらりとマクシームに無言で睨《にら》みつけられた男は、わずかにたじろぐ。

旧貴族のハンターの取り巻きである。

どこにでもいるチンピラのような男だが、こんな男たちが始終マクシームを監視していた。

「……へへ、悪く思うな」

チンピラはその紙キレに目をとおすが、首を傾《かし》げる。

「売女《ばいた》の誘いにしか見えねぇが……全部報告しねぇとうるせぇしな」

紙キレを指でひらひらさせながら、チンピラは逃げるように店から出ていった。

「クソっ」

ドンッとマクシームの叩きつけた拳で、盛大な音を立てて瓶が落ちる。

立ち上がったマクシームはテーブルに数枚の紙幣を置いて、店を出た。

酒場には台風が去ったあとのような静けさと酔客の安堵《あんど》だけが残されていた。

宿屋に戻ったマクシームは、入り口でカギを貰《もら》って部屋に入るなり、明かりもつけずにベッドに腰掛けた。

「……裏の人間か」

誰もいない真っ暗な部屋にマクシームが小さく呟《つぶや》く。

「違いますよ、と言ったところで信じませんよね」

と、ぼけたような声が返ってきた。

「参考までに、なんで信じる気に？」

「影の字の筆跡がアカリと同じだ。わけのわからねえ文字のほうも」

「ああ、なるほど。では」

「待て、アカリのものだということは信用した。だが、村ん中で闇精《あんせい》魔法を使うような奴は信用できねえ。姿を現せ」

蔵人は村に侵入したときと同じように、闇精《あんせい》魔法を用いて夜の闇を纏っていた。

闇の精霊魔法の可能なことは闇に紛れること、影を操ること。闇や影を半物質化して攻撃に用いることもできなければ、収納や呪いといったこともできない。

文字どおり『闇と影』を操るだけである。

その性質ゆえに普通の人間では用途がなく、反対に犯罪者や盗賊、殺し屋などが好んで使うため、闇の精霊魔法はイメージが悪い。マクシームの言うように裏の人間と思われやすかった。

そして蔵人は酒場でも闇精《あんせい》魔法でマクシームと連絡をとった。

風精《ふうせい》魔法でなんの変哲もない公娼《こうしょう》の誘い状を滑り込ませ、同時にその影で机に文字を映した。

案の定、目視で、あるいは風精《ふうせい》の気配に気づいて手紙を取り上げられても、夜に用いると気配がより薄くなる闇精《あんせい》魔法が感づかれることはなかった。

マクシームが立ったと同時に影を解除してしまえば、証拠も残らない。

あとは、マクシームのあとを追って宿屋にたどり着くだけである。

酒場でマクシームの置かれた状態を実際に観察し、宿屋を探す手間を省き、宿屋の部屋でマクシームに斬りかかられることを避けるために、影文字などという迂遠《うえん》な手段を用いたのだった。

それが疑いを持たせてしまうのだから、この世界もなかなか難しい。

蔵人はそう思いながら纏っていた闇を散らした。

第14話　赤い村での交渉

真っ暗な部屋の隅に男が浮かび上がった。

窓際に一歩だけ進み出た男は、わずかばかり窓から差し込む蒼月《そうげつ》の光に照らされた。

乱雑に切られた黒っぽい髪、警戒色の強い焦げ茶色の瞳、上下ともにアースグリーンの服、革とは違う素材でできた黒いブーツ。エルロドリアナに多い標準的な白系人種《ひとしゅ》からすると、中肉中背というには少し小柄かもしれないが、頑健そうな身体がそれを補っていた。

特に左右の前腕部が服の上からでもわかるほど発達していた。

姿だけならどこぞの薄汚れた異民族に見えなくもないが、ひどい匂いもなく意外と小綺麗《こぎれい》である。

少なくともマクシームの知るどの種族、どの人種、どの民族、どの国家の匂いもしなかった。

おそらく『人種《ひとしゅ》』には違いないが、海を隔てて東南にある大陸の人種、さらにいえばその中でも山人に近いが、そんな奴がここにいるわけがない。

かといって市民や浮浪者、流民というには持っている空気が違った。

裏の人間と言ってはみたが、そういう人間特有の陰鬱《いんうつ》な影もなかった。

マクシームは睨《にら》むように蔵人《くらんど》を見た。

蔵人は肩を竦《すく》ませる。

「これでいいでしょう？　あまり時間もないですしね」

「アカリは無事なんだな？」

「無事です。一度、山を下りたんですよ？」

「つく、そうか……」

マクシームはアカリの能力がこの村を敵だと判断し、戻ってこられなくなったことを悟った。

同時に、加護のことをこの男に話していることも理解した。

「で、なんでこんなありさまなんですか」

「……チッ、信用するしかねえか。名前は？」

「ジョン」

「隠す気のねえ偽名使いやがって。まあいい、オレはマクシーム、見てのとおりの巨人種《きょじんしゅ》だ。万が一にも裏切ったら――殺す」

巨人種の圧倒的な威圧感が、形のない殺気となって蔵人に向けられた。

マクシームはベッドに腰掛けたままではあったが、本来蔵人を縦に二つ重ねたほどもある体躯《たいく》は、はち切れそうなほど膨れ上がっている。適当になでつけられた獅子のような金髪と口髭《くちひげ》の間からは、ぎょろりとした青い目が蔵人を見据えていた。

歳は判然としないが、神話のヘラクレスが歳をとったらこうなるというイメージが最も近い。

蔵人は初めて、純然たる人の殺意を身に受け、冷や汗が止まらなかった。

それでも表情だけは崩すわけにはいかない。表情が崩れると心も挫《くじ》けてしまう。

「……ああ、コワイコワイ」

だから言葉に出すことで、ストレスを少しでも緩和する。そんな程度のことでも蔵人は随分と楽になった。

チッとマクシームが苛立《いらだ》たしげに舌打ちをした。

「手応えのねぇ奴だ。わけがわからねぇ」

そう呟《つぶや》いたあとに、苦虫を潰《つぶ》したような顔で事情を話し始めた。ひどく気に入らない話のようである。

どうにもうまい具合に勘違いしてくれたらしいと、蔵人は内心でほっとしながら、マクシームの話を聞いた。

怒りを交えてマクシームが語ったのはこういうことだ。

白幻《はくげん》討伐から帰還したのは、旧貴族のハンターであるザウルを含めて四人のみであった。

ザウルはアカリが故意に大棘地蜘蛛《アトラバシク》の巣へハンターを誘導し、自分たちを壊滅に追い込んだとハンター協会に報告した。

協会と議会はろくに調査もせず、即座にアカリを生死不明のまま指名手配。

ドルガンでは、辺境ゆえ古来よりハンターが尊重されてきた。それゆえにハンターの裏切りというものは決して許されず、厳罰に処された。

マクシームも当然抗議したが、受け入れられなかった。

連絡を受けたローラナ議会は厳重な抗議と捜査をするかと思いきや、文章による抗議と公正な審議を求めることにとどまり、人員を送り込むなどの処置をとることはしなかった。

ローラナの議会は、能力の安定しないハズレ勇者であるアカリを見捨てる方向に舵《かじ》を切ったといえた。

選べる人数に限りのある中で、加護の不安定なアカリを受け入れることでその代わりに有益な勇者を選ぶことができたという事情もあって、あえてアカリを助けてドルガンのメンツを潰し、これ以上ドルガンとの関係をこじらせることを避けたのだ。

「ザウルの野郎の嘘《うそ》だってことはわかりきってるが、証拠がねえ」

「他のハンターは？」

「生きて帰ってきたハンターは全員、奴の子飼いのハンターだ。口裏を合わせてやがる」

「あなた自身は探しに行かなかった……いや、行けなかった？」

「その寒気のでそうな喋《しゃべ》り方をやめろ。ああ、行けるもんなら行ってる」

「癖なもんで」

「チッ。……オレがアカリを見つけたとしても、オレを監視してる奴がそのままアカリを連れてっちまう。さすがに国単位で追っかけられたらオレも逃げ切れねえ」

マクシームが悔しそうに言う。

「なるほど、で、どうします？」

蔵人のまるで他人事のような口ぶりに、マクシームは探るような視線を送る。

「まずはアカリに会わねえことには話にならねえが、その前に、てめえの目的がわからねえ」

蔵人はなぜか困ったような顔をした。

「目的、ですか」

正直、蔵人は困っていた。

特に目的というものもなく、衝動的に里に下りてきたのだ。

召喚されて雪山に到着しておよそ一年半。確かにいい機会である。そろそろ『生存』から『生活』にシフトしていくべきかもしれない。

だがシフトするのはいいが、面倒事、煩わしいのはごめんである。

まず、アカリ以外の勇者と関わりたくない。知られたくもない。面倒事でしかない。

この世界の人間に召喚者と認識されたくない。これまた面倒事でしかない。

つまり、山に隠れ潜んでいた現地人として人里に下りてきた、という方向がベストである。

その山人的な現地人が、アカリを助けたとしたらどうするべきか。

いや、現状、自分とアカリの関係がマクシームにバレるのは時間の問題かもしれない。

この男は信用できるだろうか。

とはいっても、蔵人は人の心理を読むことができるわけでも、腹芸ができるわけでもない。

「まずは俺の情報を誰にも漏らさない、と約束してください」

「あぁん？」

「アカリにもそれは約束してもらってます。俺は静かに暮らしたいんです」

「どこの子供か戦士か知らないが、そんな約束に意味なんてあんのか？」

「約束を守れない奴はクズです。まあ、命を懸けてまでとは言いませんよ」

「……ハンターも似たようなもんだ」

「よかった。とりあえず、自分は山に隠れて生きていた山人とでも思ってください」

「ここまで言って隠すのかよ」

「なんとなく察しはつくと思いますよ。それを漏らさないでいてくれればいいんです」

マクシームは面倒くさそうな顔をする。

そんなマクシームを無視して蔵人は続ける。

「今回の俺の目的は、アカリとマクシームさんの間を取り持つことです。報酬とかは決めてませんが、善意の第三者とでも思ってください」

「マクシームでいい。善意、か。胡散《うさん》くせえがどうにもならねえしな」

「今アカリはアレルドゥリア山脈の上のほうにいます」

「白幻の居か？」

「こちらではそう言うんですかね。山から出たことがないんで名前までは知りませんが、去年、大きな魔獣を狩っていた人がいた近くです」

「ああ、そりゃ、オレらだ。あのへんが人間がマトモに行動できる限界だと思ってたんだが」

「あれ以上は奥へも上へも行きませんよ。ほぼ年中吹雪《ふぶ》いてますからね」

「だろうな。そうか、上にいたか。見つからねえわけだ。そういうことなら、オレが監視をぶちのめす必要もなさそうだな。オレを連れてけるか？」

暗に監視を撒《ま》きつつ、マクシームとアカリを対面させろと言っているのだろう。

「……監視の生死を問わなくてもいいなら」

「山に入る以上はそれも覚悟の上だ。……殺すのか？」

「いえ、蜘蛛《くも》をけしかけます」

マクシームは顔をしかめて嫌そうな顔をした。

「けしかけるって……お前か？　ザウルに蜘蛛をけしかけたのは？」

途中で気がついたように今度は殺気を漂わせる。

「すぐにわかることですから言いますが、俺です。なんの偶然かあなたたちの狩った魔獣の子供と生活してましてね。狩られるわけにはいかなかったので」

「……飛雪豹《イルニーク》と生活？　冗談にしちゃ笑えねえが、そうでもなきゃけしかける必要もねえか」

「罪に問うとかカンベンしてくださいよ？」

「……まあ、約束したしな。というかチクッたらどうすんだ？」

「逃げますよ。――アカリを盾にして」

「……さらっと情けねぇこと言うなよ。オンナぁ盾にするとかどうしようもねえな」

「約束を破るようなクズほどじゃないですよ」

威嚇し合うような沈黙が二人の間に漂った。

「では、明日中にでも蜘蛛のナワバリ手前の野営地で。野営地の連絡はこちらから取ります。一応、言っておきますが、一人で来てください」

蔵人はマクシームの返答を待たずに闇に消えた。

何の痕跡も残っていない宿屋の部屋にはマクシームだけが残された。

「負けはしねえが、やりたくもねえな」

毒虫、それも普段はなんの害もないが、食われる瞬間に毒を撒き散らして自爆するような、そんなものをマクシームは連想した。

だがアカリを喰《く》いものにするようなら、とマクシームは壁に立てかけた斧《おの》を見つめた。

第15話　巨人と少女の再会

翌日、朝日も昇りきらぬうちに、マクシームはアカリ捜索のためという名目で、猛然と山へ向かった。

当然、監視のハンターもいたのだが、本気で走り出した巨人種《きょじんしゅ》に追随できる者はおらず、ハンター協会の協力で点在していた人員からの報告による目撃情報でしか位置を把握できなかった。

それでもアレルドゥリア山脈に向かったのなら、必ず通るであろう野営地で待ち伏せしていたハンターもいたのだが、マクシームはいつまで経っても姿を見せず、代わりに腹を空かせた大棘地蜘蛛《アトラバシク》に追い立てられることになった。

種を明かせば簡単なことで、前夜のうちに指笛で呼んでおいた雪白《ゆきしろ》に、大棘地蜘蛛《アトラバシク》の糸を咥《くわ》えて野営地近くまで引っ張ってきてもらっただけである。

あとは大棘地蜘蛛《アトラバシク》が勝手に獲物を見つけるという寸法である。

こと速度だけで言うなら、雪白は大棘地蜘蛛《アトラバシク》にまず追いつかれることはないので、そこもまったく問題はなかった。

野営地に向かっていたマクシームを、蔵人《くらんど》がその手前で別地点に誘導していた。

「最初からそうやって『走って』捜せばよかったんじゃ……」

「アカリを見つけたあとどうすんだよ。さすがのオレも強化しっぱなしってのはな」

常人では半日はかかるであろう距離を、その半分ほどで走破したマクシーム。

蔵人はふーんと言いながら少し引き気味にマクシームを見る。

「強化って……そんな鬱陶《うっとう》しくなるのか」

マクシームは上半身裸で、リュックや斧《おの》、白い胸甲板《きょうこうばん》をひとまとめにして肩に担ぎ、皮膚を紅潮させた身体のいたるところから湯気を立ち昇らせていた。

「お前も鬱陶しいとか言うのかよ。巨人種の強化だけだ、こんな風になるのは」

他の人にも言われたことがあるのであろうか、マクシームはショックを受けたような顔をしていた。

強化というのは命精《めいせい》魔法に属するもので、傷の治療等もこれに含まれる。

命精《めいせい》というのは精霊には一応属しているものの、精霊の中で唯一精霊魔法には分類されない。

この世界のすべての生命に宿るものである命精《めいせい》は、自身の命を守ることを第一とし、他者の干渉をはねつけ、自身の命令しかきかない。治療に必要な命精《めいせい》への干渉ですら対象の許可がなければ弾《はじ》いてしまうのだ。

つまり自身の肉体に関する魔法はすべて、命精《めいせい》魔法となる。

人種《ひとしゅ》とは比べ物にならない肉体を持つ巨人種は、その強化の効果も尋常ではないが、強力であるがゆえに使えば使うほど体内で熱を生産してしまうため、今のマクシームのように裸になって放熱する必要があった。

それを蔵人は鬱陶しい、と言うのだから無知であったとしても少々酷である。

二人はそれ以上喋《しゃべ》らず、黙々と山を登った。

蔵人とマクシームは協会のハンターたちが大棘地蜘蛛《アトラバシク》に追い立てられているうちにと、そのナワバリを縦断した。


そして、あっさりとアカリとマクシームは再会した。

洞窟から出てきたアカリと夕日に染まりながらゴツゴツした斜面を登ってくるマクシーム。

何事もなく再会――とはいかず、後から追いついてきて洞窟の手前に跳び下りた雪白が、マクシームを見るなり威嚇を始めたのだ。

白黒斑紋の尻尾を逆立て、体勢を低くして、牙を剥《む》く。

マクシームはうろたえるアカリを手で制しながら、リュックやひとまとめにした武具を乱暴に捨て、上半身裸のまま腰の手斧《ちょうな》に手をやった。

グルルッ
雪白の唸《うな》り声に、マクシームは面白そうに口元を歪《ゆが》める。まるで獣のようである。

だがそんな一人と一匹が一触即発の中、蔵人はそれを眺めているだけであった。

敵対行動は生死を分かつ境である。

殺せないなら襲わない。襲うのなら命懸け。それが野生である。

さらに言えばマクシームは雪白にとって仇《かたき》である。それを止めることは蔵人にはできなかった。

マクシームには少々気の毒なことであったが、本人は意外と楽しそうだ。問題はないだろうと蔵人は傍観を決め込んだ。

ふと、アカリにはなぜ反応しなかったんだろうかと蔵人は首をひねる。

やはりいろいろ小さかったからかと思いながらアカリを見ると、アカリは傍観している蔵人を睨《にら》みつけているようだった。

おそらくは、蔵人が一人と一匹を止めようともしないことを責めているのだろう。

よもや小さいとか思ったことを察したんではあるまい。

「ここで一戦やるのもおつだが、ちょっと立て込んでてな。あとにしねぇか？」

マクシームが矛を、引く。

グオンッ
空気を震わせる短い咆哮《ほうこう》。

後脚を撓《たわ》め、雪白は跳んだ。

「本当だったか……首輪くらいつけたらどうだ」

雪白は一足で洞窟の裏の山に消えた。

「似合わないし、そんな関係じゃない」

「飼ってねぇのか」

「むしろ養ってもらってる」

「……おめえ、どうにもなんねぇな」

「褒めないでくれ、照れる」

「褒めてねぇよ」

「ずいぶん仲がいいみたいですけど」

私、ほっとかれて怒ってますとばかりにアカリが二人の横にいた。

「ああ、いたのか。ちぃ――」

「ちいさくありません」

からかうマクシームに、プンスカするアカリ。

「そうだな、アカリは小さくない、小さくない」

どうでもよさそうに髭《ひげ》をかくマクシーム。

アカリはふんっと横を向いてしまった。

「まあ、元気そうでなによりだ」

「……っ」

アカリはしょぼんと俯《うつむ》く。

「ご迷惑を、おかけしました」

マクシームの大きな手が、声を震わせて謝ったアカリの頭に置かれ、

「別にお前のせいじゃねぇ」

そのまま乱暴にガシガシと撫《な》でられる。

いつのまにかアカリは涙をこぼしていた。

「そのままでいいから、うちに入るといい。もう日が暮れる」

蔵人はそう言って、洞窟とは別の方向に歩きだした。

「ちょっとな。積もる話でも済ませておいてくれ」

そう言って夕日に染まった森の中へ消えていった。


洞窟のある山の反対側は切り立った崖である。

そこには一幅の掛け軸のように、尻尾をヘニャリと地面に垂らして座る白黒斑紋の背中があった。

蔵人は雪白の横に座り、何も言わずに背中を撫でた。

雪白ではまだマクシームに勝てない。それくらいは蔵人にもわかっていた。

野性のカンでわかってしまう力の差と親の仇の狭間《はざま》で、雪白は揺れていた。隠密からの一撃離脱が本来の戦い方であったが、瞬時に襲いかからなかったのはそういうことだった。

蔵人はなんでもないように言う。

「いつか殺せばいいんだ」

マクシームやアカリがいたらどう思うだろうか。

「俺もいつかはお返ししたいんだがな」

ハヤトに関わる気はないが、自ら関わるときが来るとすれば、その時である。

そういう気持ちがあるから、雪白を否定をする気はなかった。

人も魔獣もそれほど変わらない。感情の表し方に違いはあれど、怒りもするし、悲しんだりもする。

仇を討とうと考えても不思議ではないし、場合によっては仇を見逃すこともあるかもしれない。

人に裏切られ、獣に拾われ、共に生活したことで、蔵人はそう思うようになっていた。

無論、自分は人である。獣ではない。

だがその境目はかなり曖昧なものになっていた。

「ホント、強情だよな」

蔵人はここぞとばかりに、雪白の胸元のふさふさした白毛を撫でまわす。

――がっ、がうっ
ついに雪白は体勢を崩し、蔵人にのしかかった。

雪白は、えーい、鬱陶しい奴め、こうしてくれる、とばかりに頭をぐりぐりと押し付けてくる。

すでに雪白の大きさは雪豹《ゆきひょう》の成獣並みかそれ以上となり、蔵人とそれほど変わらない。

爪や牙は引っ込めてくれているとはいえ、その地力たるや蔵人を凌駕《りょうが》している。

のしかかられたとき、蔵人はすでに強化を発動させていたが、日に日にじゃれ合いが無差別格闘じみてくることに脅威を覚えていた。

雪白とやり合えなくなるわけにはいかないと、蔵人は日々の修練の重要さを再認識しながら、雪白をくすぐり倒してやった。


洞窟に戻った頃には日はとっぷりと暮れ、囲炉裏《いろり》には火がおこされていた。

「薪《まき》くれぇ用意しておけよ」

洞窟の部屋に雪白を伴って入るとマクシームが言った。

「ああ、すまん。普段使わないからな」

「使わない？　住んでんだろ？」

「火精《ひせい》魔法で足りるだろ？」

蔵人はなんでもないように言って、マクシームとアカリが並ぶ対面に座る。その後ろにはマクシームを見て不機嫌そうな雪白が、蔵人の背もたれになるように寝そべった。

「火精《ひせい》魔法を発動し続けるてぇのか？」

「ああ、教本にもそう書いてあったしな」

マクシームもアカリも呆《あき》れた顔をする。

「そりゃ書いてあるが、効率悪すぎだろうが」

「ん？　ただ、魔力を細く長く供給し続けるだけだろ？　最初の半年は確かにシンドかったが」

「……メシ作るときとかどうすんだよ」

「火精《ひせい》魔法を維持しながら、土で鍋作って、めんどくさいときは水を出して……って、ついでだしやるか」

薪を用意して火精《ひせい》魔法でもって着火する。それが一般的な魔法の使い方である。

蔵人は倉庫から肉と保存しておいた野草を持ってくると、いつもどおり土鍋と土台を作り、そこに材料と携帯食を入れ、水精《すいせい》魔法でもって水を入れて、蓋《ふた》をした。

ついでに囲炉裏の縁に土精《どせい》魔法で細い杭《くい》を立て、大きめの肉を突き刺して、火で炙《あぶ》る。杭は火の通りを均一にするべく蔵人の操作によりゆっくりと回転していた。

そんな様子を見ていた二人は狐《きつね》につつまれたような顔をする。

「昨日も見ましたが、あらためて目にするとなんというか器用というか」

「真っ当な教育じゃ、こんな風には育たねぇよ」

火精《ひせい》魔法を使って火を維持しながら、土精《どせい》魔法と水精《すいせい》魔法を行使する。魔法自体は最下級もいいところだが、それを三つ同時に行うということは、のこぎりを引きながら、トンカチで釘《くぎ》を叩《たた》き、リフティングをするようなものである。ようするに曲芸である。

「まあでも、一般的な魔法教本だぞ……たぶん」

「どんな教本だよ」

蔵人はモスグリーンのリュックから分厚い魔法教本を取り出して、マクシームに渡す。何度も同じページを開いたり、持ち込んでいた鉛筆で書き込んだりしていたため、教本は多少なりとも劣化していた。

「……一般的っていやあ一般的だが」

マクシームから教本を受け取ったアカリはパラパラとそれをめくった。

「うわぁ、これ学園にも一冊しかないやつですよ。ただ、教科書というより百科事典扱いですが」

「だろうな。公開されてるもんはだいたい網羅されてるが、教本として使うには不親切すぎる」

「こんなので勉強したんですか？」

二人の驚きを聞きながら、蔵人は生焼けの肉を杭ごと折って、背中の雪白に渡す。

肉を口で受け取った雪白はちらりとマクシームを見たものの、前脚で生焼け肉を器用に抱えるとそのままガブリと食いついた。

雪白は一緒に暮らす蔵人に影響され、調理された肉、特に表面の香ばしい部分と中にレアな部分の残った生焼け肉を好むというグルメになっていた。

蔵人は火精《ひせい》に魔力を追加し、火の勢いを強めて鍋を完成させ、お椀《わん》に入れて、スプーンとともに二人に渡す。

教本を蔵人に返した二人はそれを受け取った。

カレー風シチューを食べ終わって一息ついたとき、マクシームが言った。

「オレはローラナに戻る。しばらくアカリを預かってくれ」

第16話　ハンター協会

蔵人《くらんど》がなにかを言おうとする前に、マクシームは続けた。

「そんなに長くはかからねえ。ローラナに行ってからプロヴンの聖庁に行って、そしたら迎えに来る」

「聖庁？」

蔵人の問いにアカリが引き継ぐ。

「そこに事実の審判っていうのがあって、その人の潔白を証明してくれます。ちょ、そんな顔しないでください、胡散《うさん》臭いって顔に書いてありますよ」

蔵人はまさしく胡散臭そうな顔をしていた。

「だって、なぁ」

「確かに、つい最近までは嘘《うそ》発見機のような魔法はありませんでした。だけど、いわゆる『勇者』の存在がそれを変えました」

「……なるほど」

「ええ、精霊の贈り物《ドゥフバダラ》や神の加護《プロヴィデンス》と呼ばれる勇者の力です。彼女の力は『事実の大鎌《ファクトサイス》』と言って『彼女』の問いに対し、嘘をつけば最悪死に至るというものです。もちろん、それが事実なら傷一つありません」

「それはまた面倒なことになりそうな力だな」

アカリは苦笑する。

「ええ、そのとおりです。ですから彼女は自分の力を行使するにあたって、自分が提示する条件をのめる国または組織に属する、と宣言しました」


(一つ、事実の審判として、自身の求める条件を含む新しい制度と場所を作る)

(一つ、制度と審判の結果は、ありとあらゆる権威権力からの干渉を認めない)

(一つ、この審判は本人の請願のみで行われ、どのような他者からも強要されてはならない)

(一つ、質問内容は本人に提出されるものとするが、それは厳密なものでなければならない)

(一つ、この審判は本人の申し立てる事実のみを証明する。他の証明にはならない)

(一つ、通常審判は傷の有無でその事実を証明し、最上級審判はその命を懸けて事実を証明する)

(一つ、最上級審判は各国に通達される。それ以外は当事国にのみとどまる)


「へえ、随分考えてんだな」

「当時、三年生だったんですが、凛々《りり》しい人ですよ。警察官か弁護士になりたかったらしいです」

「まあ、うまくいけば、だが」

「……ちょくちょく余計なこと言いますよね」

「癖みたいなもんだ。で、それを聖庁とやらがのんだと。ずいぶん力のあるところみたいだな」

「……はい。エリプスの主要宗教の一つ、サンドラ教が彼女を受け入れ、総本山である聖庁がプロヴン西方市国に新たに教会を作って、事実の審判を始めました。……いまだその制度が用いられたことはありませんけども」

担保する力がなければ、事実は意味を失くすこともある。つまり事実を捻《ね》じ曲げさせないだけの力を宗教組織である聖庁が有している、ということだ。

蔵人は聖庁にきな臭さを感じる。辺境の雪山のほうがよっぽどわかりやすくていいと、二つ目の肉塊にかぶりつく雪白《ゆきしろ》の柔らかな背を撫《な》でた。

「で、その審判を受けるために聖庁にわたりをつける、と」

アカリの横でマクシームが頷《うなず》いた。

「マクシームさんにはご面倒をおかけしてしまいますが、それしかありません」

「なんていうか、面倒なことになってるな」

それを聞いてアカリは盛大にため息をつく。

「マクシームさんに話を聞いて、私もがっくりきましたよ。ほんと、面倒です」

「もう出家でもしちまえばいいんだよ」

蔵人はからかうように言った。

「そんなわけにはいきませんよ、信心なんてないですし」

「だろうな。現代っ子の許容できる宗教なんて、そんな都合のいいもんないだろうし」

「というわけでだ、ジョンにはそれまでアカリを預かって——」

「『――ジョン？』」

アカリはハテナマークを受かべ、偽名に気づいた蔵人はクックッと笑いだした。

ピキッとマクシームのこめかみに青筋が立つ。

「すまんすまん、忘れてた。蔵人だ」

マクシームは自らを落ち着かせるように大きく息を吐いた。

「クランドか。なるほどな、どこから来たか気になるところだが」

「山だ」

「……まあいい、そういうことだ。構わねぇか？」

マクシームとアカリの視線が蔵人に集まった。


翌朝。

薄暗い洞窟内に朝日が差し込み、山の澄んだ空気が流れ込んだ。

「いいんですか？」

外に出て伸びをしていた蔵人と雪白の背中に、アカリが声をかけた。

「マクシームは？」

「まだ大イビキで寝てますよ」

「あれは公害だな」

「慣れですよ。で、本当にいいんですか？」

「アカリを生死不明扱いのまま匿《かくま》えばいいんだろ？　それくらいなら問題ない」

「でも万が一、知られたら」

「アカリの時みたいになるかもしれないだろ」

「……もし違ったら」

さあな、と言って蔵人は踵《きびす》を返し、洞窟に戻っていった。

そのすれ違い様の表情のない横顔がアカリには妙に気になった。


「クランド、お前も山を下りろ」

蔵人は何言ってんだコイツ、という顔をする。

「今回、アカリの荷物は持ってきてねえ。下手に動かすといろいろ勘繰られるしな」

「だからなんだよ」

「オレやお前なら着たっきりでいいが、アカリはそうはいかねえ」

「……ああ、なるほど」

「だから、お前をハンター協会に推薦する」

蔵人はひどく嫌そうな顔をした。

「そんな顔すんじゃねえよ。アカリのことがあって信用できねえかもしれねえが、ハンター証は身分証にもなる。お前にも損はねえ」

「そんな無理しないでも」

アカリは控えめにそう言うが、年下の女生徒にかばわれては蔵人もそれ以上は断りづらかった。

「……わかったよ」

蔵人はため息交じりにそれだけ言った。


アカリに見送られて、蔵人はマクシームとともに山を下りた。

雪白には途中の大棘地蜘蛛《アトラバシク》を引きつけてもらい、そのまま洞窟のアカリを頼んだ。雪白は不満げな顔をするが、さすがに村へ連れていくわけにもいかなかった。


「――飛雪豹《イルニーク》に養ってもらってるだけじゃねえんだな」

険しい山道をひょいひょいと下る蔵人を見てマクシームは感心して言った。

「じゃなきゃ生きていけないからな」

マクシームのように体力任せに爆走するのではなく、蔵人は山猫かなにかのようにスルリと下りていた。雪白の薫陶の賜物《たまもの》であった。


日の落ち切る前に、二人は村の門をくぐることができた。

入り口ではひと悶着《もんちゃく》あったが、マクシームの肩書一つで強引に入る。

「意外に権力者だったんだな」

「フン、この程度、権力でもなんでもねえよ」

夕暮れに染まる村を二人は歩く。

小さな脇道こそあれど、門から伸びた一本道が村を縦断し、その脇に密集して立ち並ぶ石造りの小さな家の煙突からは炊飯の煙が上がっていた。

道に面した商店などは飲食店を除いてもう閉まっているようだが、閉まった商店のドアを叩《たた》いて何か交渉している村人もおり、まったく融通が利かないというわけでもないようであった。小さな村である、助け合いというやつであろう。

二人が一本道を歩いていると、周囲からはひそひそと声と視線が集まっていた。

門番も首を傾《かし》げていたが、蔵人の着ている見たことのない薄汚れた服装が、村人たちには奇異に見えたであろうことは蔵人にも想像できた。

「……お前は山に隠れ棲《す》んでいた一族を魔獣《スタンピード》の暴走で亡くし、一人生き残ったってえことにする」

マクシームが小声でそう言うと、蔵人も小さく頷いた。

門から続く一本道をほどなく行ったところに、ハンター協会サレハド支部があった。周囲の民家や商店よりも二回りほど大きな石造りの建物である。

古ぼけた木製のスイングドアを押して入ると、右手に禿《は》げたバーテンダーのいるカウンターがあって、左手には上階に行く木製の階段があった。

カウンターではチンピラのような者や頭上に犬のような耳をはやした者、小柄なドワーフのような者や、まさしくハンターといった体《てい》の者たちが酒を飲んでいた。

彼らのうち数人は、マクシームが支部に入った瞬間からそれとなく様子を探っている。

蔵人はどこか感動したような目でキョロキョロと建物を見回していた。

マクシームは無言で正面の受付カウンターに向かう。

蔵人は急ぐことなく、興味深げに周囲を見ながらマクシームのあとを追った。


「おう、ハンターに一人、推薦するぜ」

カウンターにつくなり、前置きもなく言うマクシームを呆《あき》れたように見るカウンターの職員。

職員は、マクシームが首から外したドッグタグのようなものを受け取りながら言う。

「一言もなく飛び出したかと思えば、いきなりこれですか」

「おう、頼むぜ」

「……彼女、いたんですか？」

職員は探るようにマクシームを見る。

「いたように見えるか？」

マクシームは顔をしかめて言った。

「……。で、推薦というのはうしろの青年ですか……見たことのない人種《ひとしゅ》ですね」

「腕は保障するが、仮申請の一番下っ端からでいい」

「連合王国専属狩猟隊『白槍《ヴィエーニカ》』の隊長推薦ですからね。身元の確認や試験、説明は省きますが後で説明しておいてくださいよ？」

アカリのことについて疑義はあるが、マクシームが何かをしているわけではない以上、権限の行使を阻むわけにもいかない。

職員は淡々と進める。

「おう、かまわねえよ」

「そうですか、ではそちらの方、こちらへ」

蔵人はカウンターの前に寄った。

「こちらへ名前と出身地を」

「字が書けない」

職員はぶっきらぼうに言う蔵人の顔を一度見てから、差し出した紙を引っ込める。

「では口頭で」

「クランド。出身は……アレルドゥリア山脈」

職員はまた、蔵人の顔を見て、そして今度はマクシームを見る。

「アカリを探してるときに拾ったんだよ。山に隠れ棲んでいたが、魔獣の暴走《スタンピード》で一族郎党を亡くしたって話だ、なんとかひとりで生き延びていたらしい」

「……わかりました。マクシームさん、確認をお願いします」

「そのままやってくれ」

「わかりました。協会の規則はマクシームさんがきっちりと教えてください。それと、適性判定はされますか？」

「おう、やってくれ」

「そうですか、ここで判定するのも十年ぶりくらいですか」

「普通は子供の頃に終わらせるが、こいつは山ん中にいたしな」

蔵人の了承も得ずに次から次に物事が決まっていく。

二人のやりとりをどこか他人事のように聞いていた蔵人に、マクシームが説明する。

「各精霊との先天的親和性を計る、とかなんとかだったような」

第17話　蔑《さげす》みの始まり

人の目が蔑みに変わる瞬間であった。

蔵人《くらんど》は奥に通され、ついたての後ろで主要な精霊をそれぞれに封じた指輪をすべてつけたうえで、魔力を流すように言われた。

言われたとおりに蔵人が魔力を流した結果、ハンター協会の職員の目は『白槍《ヴィエーニカ》』の隊長が連れてきた得体の知れない新人を見るものから、落ちこぼれの新人を見る目に変わった。

職員は侮りや憐《あわ》れみの入り混じった感情を隠さないまま、ひどく簡略に蔵人に説明した。


蔵人は闇の精霊に最も親和性があった。

次いで氷、それから順に、土、水、風、雷と続き、火を挟んで、光が最も相性が悪かった。

闇が飛び抜けて親和性が高く、反対に光は地を這《は》うように低いらしい。


一般に生活する上では親和性はさほど関わりがない。現に蔵人も問題なく火や光を扱っていた。

例えば鍛冶《かじ》や海運、火消し、農業、土木、兵士など、精霊を活用する特定の業種では親和性が重要視される。鍛冶ならば火でより強い火力を扱え、海運ならば風または水でより安全により速く航行ができる。火消しは水と火、農業は土または水、土木では土、兵士ならば殺傷力の高い火や雷、光といったようにそれぞれの分野で適性の高い者は重宝される。

ではハンターはどうか。

一見『闇』は隠密に秀でてよさそうなものだが、その力が最も発揮される夜にわざわざ狩りに行く者はいない。夜の狩りは闇を苦にしない魔獣や怪物《モンスター》が有利であり、単純に危険だからだ。

そのうえ、攻撃能力も皆無であった。

『氷』は、雪のない土地では精霊自体が少ない。獲物の保存などにはいいが、それではハンターではなく、ハンターや探索者に雇われることの多い運び屋である。

当選それを知っている職員は蔵人の親和性を知るや否や、目に見えて蔵人を侮ったのだ。

しかし蔵人はといえば、適性が知れてラッキー程度にしか思っていない。

あくまでハンターで一流を目指すのは難しい、精霊魔法の親和性がハンター向きではないというだけである。現代日本で狭い範囲とはいえ自分の適性がはっきりわかることはまずない。若ければなおさらで、それがこんな早い段階からはっきりわかるというのは僥倖《ぎょうこう》であるとすら考えていた。

もしかすると、自分がわかっていないだけで、現代日本でも実は適性がわかっていたのかもしれないと、そっちのほうに凹《へこ》んでいたりした。

「巨人種《きょじんしゅ》も精霊との親和性が高いほうじゃねえからな。自律魔法、命精《めいせい》魔法、武器の扱いなんかもある、あまり気にすんな」

適性なんて気にしていないという風のマクシームに、職員は苦笑いを浮かべる。

確かに巨人種は精霊との親和性が低い傾向にあるが、強靭《きょうじん》な肉体を持つ上に、命精《めいせい》魔法の行使を得意としているのだから比べ物になるわけがない。

「マクシームさん、少し話を伺いたいのですが」

苦笑を引っ込めた職員にマクシームが頷《うなず》く。

「おう。クランドは依頼書でも眺めながら待っててくれ。まあ、この時間じゃ塩漬けになったのしかねえだろうけどな」

そう言って職員と連れだって奥の部屋に身体をかがめて入っていった。


依頼書は受付カウンターの真横の掲示板に貼り付けられていた。

害獣駆除、害虫駆除、魔獣の捕獲、特殊な薬草の採取、山脈調査の護衛などの依頼書がある。

貼り付けられている依頼書は期日が決められていないものがほとんどで、依頼開始日が半年前のものもある。こういう類《たぐい》の依頼を『塩漬け』というのだな、と蔵人は一人で納得していた。

『白槍《ヴィエーニカ》』の隊長サマがどんな優秀なのを連れてきやがったかと思ったが、とんだハズレじゃねぇか」

「クックッ、ポーターでもやりゃいいんだよ」

「ハンターになりにきて、ポーターとかもう人生終わってるな」

禿《は》げた筋肉ダルマとチンピラ二人が蔵人の背後から挑発的に言った。

蔵人は答えることもなく、フイッと掲示板を離れる。

その肩を筋肉ダルマが力任せに掴《つか》んで止めた。

「おいおい、ハンターなのに礼儀がなっちゃねえな」

「おい、こいつ『三剣角鹿《アロメリ》』の角なんて持ってやがる」

「いつの時代のハンターだよ。売ったほうがよっぽどカネになるぜ」

「まだ、ハンターじゃねえだろ。なら武器所持許可もねえんだ、オレたちが預かっといてやるよ」

蔵人の腰に渡した三本の角を奪おうとするチンピラ。

当然そんなことを蔵人が許すわけもなく、反射的に身をかわす。チンピラの動きはそれほど速くないようではあった。

しかし、かすかではあるが、蔵人の足が禿げた筋肉ダルマの足先を踏んだ。

「てめえっ」

瞬間のことである。

蔵人の腹部に禿げた筋肉ダルマの拳が迫った。それ自体は見えてるような気がしたが、蔵人はそれを無防備に貰《もら》ってしまった。

石の壁に叩《たた》きつけられる。

蔵人は筋肉が委縮したように動けず、それでいて頭には血が上ったようになっていた。

「ああん、ホントにハズレかよ」

横にいたチンピラはうずくまる蔵人から角を奪おうと腰を屈《かが》めた。

だがその頭上から、ポトっと蔵人の上に細い鎖のついたタグが落ちた。

「これで問題ねえだろ。それでも奪うんなら、現行犯だぜ」

背後から現れたマクシームに気づいた三人はそれぞれに舌打ちをして、去っていった。

「……立てよ。効いちゃいねえんだろ？」

蔵人はタグを取り上げながらのそりと立ち上がる。

「思ったより、動かないもんだな」

「ああん？　何言ってやがる。命精《めいせい》魔法で強化までしやがったくせに」

「対人戦は初めてなんだよ」

マクシームは一瞬ポカンとしたが、すぐに理解する。

「まあ、今まで山ん中にいたわけだしな。まあ、ケンカは慣れだ」

「あんたは得意そうだな」

「得意もなにも王国のハンターの喧嘩《けんか》の半分くらいは、この人がらみと言っても過言ではないですよ」

蔵人の登録をした職員がマクシームの後ろから言った。

「ともあれ、ハンター同士の私闘は厳禁です。支部内での抜剣、魔法行使も禁止してますので気をつけてください」

「……俺が被害者なんだか」

職員は冷たい表情を変えないで言う。

「どのような理由があろうとも、許可なく魔法を行使するのは禁止です」

「人に絡むのはいいのか？」

「アナタが許可なく武器を所持しているように見えたからです」

「殴ってもいいのか？」

「アナタが抵抗したからです」

「殴られたんだが」

「魔法、武器以外の方法で対処してください。ハンターなんですから」

にべもないとはこのことである。

「あのドアから火球が飛び込んできたときは真っ先にあんたに当たるように祈っておくよ」

「職員は魔法の行使を認められておりますので」

本当ににべもないことである。

蔵人は日本もこの世界も変わらないなと顔をしかめた。

「まあ今回は初めてということで見逃しますが、次はありませんよ。そのタグですが、仮の十つ星《ルテレラ》とはいえハンター証です。身分証、武器所持許可、第三級魔法行使許可はそれ一枚で証明できますので肌身離さず持ち歩いてください。失くした場合、罰則がつきますのでご注意を」

そう言って職員は受付カウンターに戻っていった。

「まあ、落ち着け。アカリのこともあるからな、オレへの当てつけがお前に行ってる部分もある。どこの支部もこうなわけじゃない。まあ、どこのルールもここと変わらないがな」

蔵人はふーんと鼻をならしているが、どこか機嫌が悪そうであった。

何を考えてるかわからない顔、というやつである。

「とりあえず、常時駆除の依頼でも受けておくか。オレは明日にでも村を出なきゃならなくなったしな」

「ずいぶんと急ぐんだな」

「上からの呼び出しでな」

そんな風に言いながら受付に向かうと、例の職員が嫌そうな顔を向けてきた。

「まだなにか？」

「ちげえよ。『草玉《トラボック》』の駆除依頼をな」

「ああ、それですか。それではこちらに署名を、とこちらで書きますね」

「名前だけか？」

「そうです」

「さっきの申請書を見せてくれ……なるほど、蔵人っていうのはこう書けばいいのか」

そう言って申請書の自分の名前を見ながら字を書き写す蔵人。

「マクシーム、これで合ってるか？」

「ん、おお、読める読める」

「……ハンター証を」

蔵人がハンター証を渡すと職員はそれを受け取り、カウンターの向こうで作業に移る。

「では、これで草玉《トラボック》の駆除依頼を受注完了しました。草玉《トラボック》の討伐証明部位は破損のない緑石《りょくせき》ですのでご注意を」

マクシームが立ち去ろうとするが、蔵人は動かずに一言告げた。

「――受注書の写しは？」


「それにしてもよく写しなんて知ってたな。でかい街でもなけりゃ誰も知らねえぜ」

「普通に考えれば当たり前だろ？」

「そんな細けえことハンターは考えねえよ」

マクシームの泊まる宿に到着した二人は、アカリの部屋を引き払って、かわりに蔵人の部屋をとった。とりあえず三泊分、宿代はマクシーム持ちであった。

アカリの荷物はすでにドルガンの官憲が押さえており、マクシームとてどうすることもできず、やはり蔵人の金稼ぎは必要であった。

「あれ、よく考えればマクシームが金出せばいいだろ」

「……オレが帰ってこれなかったらどうする」

マクシームが真顔で言う。

「ああ、そうか」

蔵人は貰ったハンター証をくるくると見まわす。

「そういえば一枚しかないんだな、俺のは」

「ん、ああ、お前のはハンター協会だけしかないからな」

「それ以外にもあんのか？」

「ああ、オレは傭兵《ようへい》仲介業組合と探索者ギルドも入っているからな。まあ、今は国の雇われだ、傭兵のほうはほとんど失効してるんじゃねえか？　ついでだ、ハンターについても説明しておく」

マクシームはその後、かなりざっくりとしたものではあったが、蔵人に説明した。

大雑把に見えてこの辺がマメなあたり、さすが国所属のハンターである。

第18話　草玉狩《トラボック》り

蔵人《くらんど》は久しぶりにベッドでの睡眠を堪能した。

たとえ、木製の骨組みにうすっぺらな何かが敷かれた安ベッドだとしても、地べたに直接寝るよりは遥《はる》かに寝心地はいい。

ベッドに布団に毛布か……と、しばらく自然児生活していた蔵人に快適な生活というものを意識させた。

昨夜、マクシームはハンターについて説明した。

蔵人がハンターというものに興味を抱いていないことをマクシームは惜しんでいるようだった。


国家、町、村、個人から依頼を受けて、魔獣や動植物を狩猟する者をハンターと言う。

そしてそれらを統括するのがハンター協会の役割である。

かつては冒険者ギルドといって国境を持たない大組織であったが、現在はハンター協会、探索者ギルド、傭兵《ようへい》仲介業組合へと分離し、それぞれがそれぞれの国と密接な関係となっていた。

かつて冒険者は国に雇用された者を除き、依頼人とは直接交渉をしていた。つまりは仕事を受け、仕事の完了でもって報酬を貰《もら》う。法を順守する限りその方法についての是非を問わないが、すべて自己責任であった。

が、それでは契約者間でトラブルが頻発するので、冒険者ギルドが間に入って摩擦を減らしていた。

結果、冒険者ギルドには多大な戦力が集まることになり、国の干渉すらはね退《の》ける組織となった。

それを危惧した各国家は精霊魔法の台頭による近代国家の成立とともに冒険者ギルドを三種に分化し、さらにそれぞれを各国家に吸収した。

今でもハンター協会同士の横のつながりや、傭兵仲介業組合、探索者ギルドとのパイプはあるものの、協会の方針は各国の意向に強く左右される。

それゆえ、ろくに事情を調べもせず、国からの意向を受けてアカリを指名手配してしまうというようなことが起こってしまった。


ハンター証には星と呼ばれる能力に応じた階級があり、それは十つ星《ルテレラ》から始まり、一つ星《リグセルプ》でハンターの頂点となる。

その他に採取や海、空といった特別な技能や特殊な狩りに対応できる能力を持ったハンターには通常の星の他に、十段階評価で色違いの星が与えられる。

ハンター協会から紹介される依頼に色の指定がある場合、その色に対応したハンターでなければ受けられない。また、指定ではなく併記の場合は、指定以上の星であれば依頼を受けることができる。

当然ながら蔵人の星は無色の十つ星《ルテレラ》。マクシームも無色ではあったが、星は王国専属ハンターということもあり一つ星《リグセルプ》。

その他に、魔獣の暴走《スタンピード》や怪物の襲撃《エクスプロード》、その他のハンター協会が緊急時と判断した場合は、周辺にいるハンターに強制依頼（特定のハンターを指名して依頼をする指名依頼制度）が発令される……などと、マクシームの説明が終わった頃には、夜は随分と深まっていた。


早朝、五時三十分。

この世界も一日は二十四時間なのだなと、薄暗い宿の食堂に備え付けられた時計を見て蔵人は独り言《ご》ちた。

蔵人の安腕時計は、すでに電池が切れていたため洞窟に置いてきた。

「早ええな」

ギィと木製のドアを開いてマクシームが顔を出した。

椅子とテーブル、ドアなどは使い古された木製、床と壁は石を積んで造られていた。

そこから顔を出す西洋彫刻のような神話の金毛金髭《こんもうこんし》の巨人。

完全にファンタジーだなと、蔵人はひとり感動していた。

「山だとこれより前に起きるしな。習慣だ」

「ハンターとしてやっていくならいい習慣だぜ。このぐらいの時間から協会も混みだすしな」

蔵人はへぇと言いながら立ち上がった。

「おし、行くか」

二人は朝食もとらずに宿を出て、村の門をくぐった。


村の背後にあるのがアレルドゥリア山脈、土が踏み固められた正面の道は地方に続いており、その正面の道の周囲に広がるのが、二人が今現在いる荒野である。

乾いた土と石、そこに点在する葉の少ない低木と雑草のみが延々と広がっている。

そこでマクシームは、説明を終えたらこのままローラナの首都に戻ると蔵人に告げた。

「草玉《トラボック》は……見たほうが早いか。おう、あそこに転がってるな」

なぜか上半身裸のマクシームは荒野の先を指差した。


マクシームが指差した先、そこにはコロコロと軽快に転がる草の玉があった。

蔵人はつまらなそうな顔をする。

「そんな顔するんじゃねえよ。この国じゃハンターになった奴はどんな奴でもまずコイツを狩るのさ」

「狩るというか、刈るだよな」

「魔草だな。まあ魔法なんて使ってこないどころか、ただの草だからな」

「どこがキケンなんだ？」

「基本的には無害だな。そのへんの草や木を絡め取っちまうこと以外は」

「……地味に迷惑な魔草だな」

「年に何度かはこの辺でも大規模に駆除されるんだが、それでもちと足りねえから、ハンターに常時依頼がある。そうじゃねえとこのへん一帯砂漠になっちまうからな」

そう言ってマクシームは手近に転がってきた草玉《トラボック》を掴《つか》み上げて、腰のナイフで枯れ草と生青草の混じった玉を真っ二つにした。

真っ二つにされた草玉《トラボック》の中心には、親指の爪ほどの緑石《りょくせき》があった。

「今は説明すんのに二つに割ったが、この緑石が討伐証明部位になるから傷つけんなよ。緑石に傷つけたら買い取ってくんねえから。この草玉《トラボック》の駆除だけは完全な緑石を協会に出さないと報酬がねえんだ……まあ、小遣いにもなんねえかもしれないが、これもハンターの仕事のうちだ」

「一個でいくらくらいに？」

「一個つうか、今なら、二十五個で一ロド、まあパン一個くらいか。そういえば金の単位知ってんのか？」

「それはまた安いな。……単位？　知らないな」

「……本当にお前に頼んでいいのかわからなくなってきたぜ」

「俺もそう思う」

二人の間にぴゅーと乾いた風が吹き去った。

一ロドでパン一個。一ロドは紙幣（百円相当）。

一ロドは百シルマ。一シルマは硬貨（一円相当）。

他に十ロド紙幣、百ロド紙幣があるとのこと。

荒野の真ん中で、紙幣と硬貨を取り出して、巨人種《きょじんしゅ》と人種《ひとしゅ》が勉強中であった。


ざっくりと通貨を教えたマクシームは、数えていた紙幣と他に取り出した紙幣の束を入れた皮の袋を蔵人にポンと渡す。

「ああは言ったが、無一文でアカリを預けるわけにもいかねえし、まあ依頼料のかわりでもある。山が吹雪《ふぶ》く前にはなんとかしてみせる。それまで、頼んだぜ」

オレとしたことが報酬のことを忘れてたぜ、とガハハハハと笑いながら、そう言って大きな手を蔵人の肩に置いた。

「気はのらないんだが、まあ約束したしな」

「お前って奴は、つくづくよくわからねえな……昔のアカリみてえだ」

その言葉に飄々《ひょうひょう》とした蔵人の纏《まと》う空気がかすかに変わる。

「まあ、オレにとっちゃどうでもいいことだ。約束は守る」

マクシームは満足そうに笑うと、荒野に伸びる踏み固められた道を猛然と走り去った。

「走るのかよ。ていうか、だから半裸だったのか」

残された蔵人は荒野のただ中でポツリとそうこぼした。

「さて、刈るか」

完全に庭の草むしり感覚であった。

蔵人は腰から片手剣ほどの三剣角鹿《アロメリ》の角を一本抜く。

三剣とはいっても角はまっすぐではなく、個体によって曲がりくねっている。蔵人の持つものは先が太くなったククリ刀のようなものと、くの字型のものが二本の合計三本であった。

これらは蔵人が最初に解凍して皮をダメにした三剣角鹿《アロメリ》のものであり、最初から刃の部分がついていた。その後、蔵人が生きている三剣角鹿《アロメリ》を遠くから一度だけ見た限りでは、三剣角鹿《アロメリ》はその角に切断系の固有魔術を作用させて、外敵から身を守り、ナワバリ争いをするようであった。

もちろん、この角にはすでに魔術はかけられていないが、それでも蔵人に鉄器がない以上、十分に鉈《なた》や片手剣として機能していた。

現に腰から抜いた角を蔵人はククリ刀と呼んで愛用していた。

蔵人は荒野をゆるゆると歩く。

なんせ相手は逃げもしなければ隠れもしない。

ましてや、自ら近づいてくるのだ。

蔵人は風に吹かれて転がってきた草玉《トラボック》を、ひょいとククリ刀でひっかける。

それをククリ刀の根元で削《そ》ぐようにして草木を落とし、緑石を抜く。

それを繰り返すだけである。

しかしである。

抜いた緑石をどうしようか、と蔵人は今さらながら考える。

薄汚れてきた作業着、腰に斜めに差した三本の角、ベルトに差し込まれた大振りのナイフ、紙幣の入った皮袋。これが蔵人の持つすべてである。

考えた末、蔵人は紙幣の入った皮袋に緑石を入れ、口紐《くちひも》を縛って、腰にぶら下げた。

もちろん作業着のポケットにも入れようとしたのだが、胸ポケット以外は見事に擦り切れて穴があいており、ポケットとしての役目を果たせそうになかった。


太陽が真上に来た頃だろうか。

蔵人の腹がぐーと鳴った。

そういえば昨日の夜から食べてないな、と蔵人はトラボックを毟《むし》りながら思う。

緑石を抜いた草玉《トラボック》はポイと捨てる。

緑石の抜かれた草玉《トラボック》を他の草玉《トラボック》が吸収することはないらしい。

百個ほど溜《た》まったところで蔵人は村に戻ることにした。


蔵人は反射的に身をかがめた。

バサッと大きな羽ばたきが頭を掠《かす》める。

すんでのところを人ほどもある大きな鳥が飛んでいった。

こんな村近くで襲われるとは、この世界もなかなか難儀だな……と、蔵人は頭上を飛ぶ大きな鳥を見上げて思った。

見たことはない。全身は青く、嘴《くちばし》は大きく鋭い。

蔵人は臆《おく》した様子もなく、油断なく、勝手に青大鷲《あおおおわし》と名づけたその鳥を観察する。

人ではない、獣である。

蔵人にとっては慣れたものである。狩るか、狩られるかはさておくとして。

青大鷲から視線を切らずにククリ刀を地面に突き刺し、腰に斜めに差したくの字型の角を抜く。

強化はできるだけ緩やかに、静かに。

魔獣は魔法の行使を敏感に察知する。それでいつも獲物に逃げられては雪白《ゆきしろ》先生の尻尾の一撃を貰うのである。

そういえば今日は一人だな、と蔵人が呟《つぶや》いたとき、青大鷲が急降下した。

急降下にあわせて一撃を振るう蔵人。

そんなものくらうかと言わんばかり青大鷲は空中で身を捻《よじ》る。

再度高空に浮上するその瞬間、くの字型の角、蔵人がブーメランと呼ぶそれが青大鷲に迫った。

羽を一枚。

だがからくも避《よ》けた青大鷲の横っ面に突風が吹きつけ、青大鷲はぐらりと身体を揺らす。

そこに――――もう一枚のブーメランが青大鷲の翼の根元に突き刺さった。

バサッバサッと、なんとか空中でもがく青大鷲だったが、ついには地面に墜落した。

地面に伏したとはいえ、人ほどもある鳥である。

蔵人は地面に刺したククリ刀を抜いて、慎重に青大鷲に近づいた。

ギーッ

青大鷲は大きな翼をだらりとしたまま立ち上がって、蔵人に嘴《くちばし》を向けて突進した。

しかし、空ほど速さのない突撃を蔵人はひょいと切れた翼のほうによけて、首を切りつけた。

そしてそのまま距離を取る蔵人。

わざわざトドメを刺す必要もない。

翼の根元、そして首の傷は致命傷である。

待っていれば、いずれ死ぬ。

第19話　青い鳥の行方

見事な『紺碧大鷲《スニバリオール》』であった。

ギルドの預かり所に置かれたそれは、昼時に偶然居合わせたハンターの目を否応なく集めた。

しっかりと冷凍されて保存状態もよく、あざやかな青色のそれは、迷信好きな女性ハンターなどに何かいいことがあるかもと密《ひそ》かな期待を抱かせていた。

ハンターには、紺碧大鷲《スニバリオール》を見る、狩る、ということが幸運の訪れといったジンクスがあった。

＊＊＊

草玉《トラボック》狩りはハンター協会で買い取りしているが、実際は子供の小遣い稼ぎである。

当然それを協会内の買取所にもっていくのは子供か、新人か、腕のない者。そう見るのが普通であった。

タグを渡して、緑石《りょくせき》をバラバラとカウンターに置いた蔵人に、ぶしつけな嘲《あざけ》りの視線が向けられる。

緑石の報酬である四ロドを受け取りながら、まったく視線を気にした様子のない蔵人は言った。

「あと、荒野で返り討ちにした魔獣があるんだが」

何の縁か昨日の登録をした職員が相手だった。

「その魔獣が依頼になければ、現物のみの買い取りになります」

「ん、ああ、いいんだ。売る気はないんだが、一時間ほど預かってもらえるか？」

「構いませんが、生肉は半日以上受け取りに来ない場合、ハンター協会に所有権が移りますがよろしいですか？」

「ああ、それでいい。持ってきても？」

では裏口の大口買取所に、と言う職員の了承を得て蔵人は外に出ると、ずるずると紺碧大鷲《スニバリオール》を裏口へと引きずっていった。

強化すれば持てるのだが、蔵人並みの大きさである。

ひきずるのは致し方なかった。

蔵人の持ってきた獲物、紺碧大鷲《スニバリオール》を見て、職員は驚く。

強さとしてはそれほどでもなく、稀少《きしょう》さという点でもそれほどではない。空中にいるため狩るのは難しいが、一匹なら七つ星《ルビニチア》であれば狩ることは可能である。

しかし、綺麗《きれい》な青を残して討伐するのが難しい。

それだけで星一つは難易度が上がる。

魔法で殺せば色が変色してしまうし、焦げてしまうことも多い。墜落死すればなぜか色が一瞬にしてあせてしまう。かといって半端な攻撃では飛んで逃げられてしまう。

うまく片翼の機能を殺して、ゆっくりと落下させ、鈍器ではなく切断系の武器でトドメを刺す。

すると、上流階級のご婦人に好まれる純然とした深い青を残すことができるのだが、狙ってそれをできる器用なハンターはそう多くなかった。

「じゃあ、もう冷凍してあるんでよろしく。あっ、預かり証とかある？」

「えっ、あ、はい。こちらに名前を」

割り符のようになった紙に二ヵ所名前を書き、その片方を渡された。

「へぇ、紺碧大鷲《スニバリオール》っていうんだな」

預かり証に書かれた青大鷲《あおおおわし》の正式名を読んだ蔵人が一言そう呟《つぶや》き、本来の目的である当面の買い物に出かけた。

残された職員はなんともいえない顔で冷凍された紺碧大鷲《スニバリオール》をしばらく見つめていた。

蔵人は門とは反対の、商店の立ち並ぶ一本道を歩きながら考えていた。

ついてこられずにご機嫌斜めであろう雪白《ゆきしろ》へのお土産は紺碧大鷲《スニバリオール》でいいとして、あとは、と普段から不便を感じていたことを考える。

といっても、たいてい魔法で済んでしまうこの世界の日用品とはどのようなものなのか。店に行く前から蔵人はそのことが気になっていた。

確かに精霊魔法で便利になった部分は大きかったが、細かい作業を精霊に伝えるというのは難しく、さらに蔵人のように生活でそれを使いきってしまえば、当然魔力は枯渇してしまい動けなくなってしまう。

そんなことにならないように、この世界の人間たちも要所要所で魔法を使い、それ以外は普通の生活をする、そうあってほしいと蔵人は思った。

蔵人は商店らしき看板を見つけ、古ぼけたドアを開ける。

ギィというドアの音とカランというドアベルの音色が重なった。

店に入ると不審者を見るような目つきの店主がカウンターからこちらを凝視していたが、蔵人は気にすることなく店内を見渡した。

手斧《ちょうな》、ナイフ、シャベル、砥石《といし》、大小の皮袋と麻袋、針、糸、革の服・ズボン・ブーツ、綿や麻のシャツ・インナー、ロープ、毛皮の毛布などがあったので購入する。娯楽品などはなく、まさに生活必需品しか店にはなかったものの、思いのほか常識的で安心した。

支払った金はアカリを匿《かくま》う報酬である。

面倒をしょい込むのは、同じ召喚者としての誼《よし》みだと考え、蔵人は自分を誤魔化すことにしていた。そうでもしないとぐちぐちと後悔しそうになるのだ。

食材店では不純物の混じった塩、安酒はあったが、小麦粉は少し値が張り、黒糖の塊、胡椒《こしょう》、唐辛子は少量で高い。それ以外の調味料はなかった。

パンは黒っぽくて硬いのが、値段的に見て主流のようで値は安い。白いパンもわずかにあったが、黒パンの倍以上の値がした。

時期的なものであろうか、食物の種も置いてあり、ジャガイモのようなイモの種とタマネギやトマトに近いなにかの種を買った。こちらはそれほど高くなかったが、あの山できちんと芽が出るのか、何かおかしなことにならないのかと少しばかり不安であった。

店を出た蔵人がブツブツ言いながら歩く姿を見て、村人たちはヒソヒソと何かを言い合うのだった。

それもそうだろう。見たこともないよそ者が、汚くはないとはいえ、ぼさぼさの髪、アースグリーンの作業着と長靴、三本の武器らしきものをつけて大荷物を背負っているのである。

いかに辺境でハンターが多いとはいえ、この姿は目立つことこの上なかった。


村人の視線を集めながら、一時間をちょっと過ぎたくらいで蔵人はハンター協会に戻ってきた。

スイングドアをギギッと開けてカウンターに向かうと、職員が助かったとばかりに蔵人に駆け寄った。

はて、こんなに懐かれてただろうか、むしろ倦厭《けんえん》されていたように思っていたのだが、と蔵人は内心首を傾《かし》げる。

「ようやく帰ってきましたか」

責めるように言う例の職員。

「半日までじゃ？」

「アナタに――――」

「あの紺碧大鷲《スニバリオール》を狩ったのは貴様ということだが」

職員を遮り、大柄な金髪の人種《ひとしゅ》の男が尊大な仕草で近寄ってきてそう言った。大柄といっても当然マクシームほどはなく、人種の範囲内のことである。

蔵人はなにがなにやらわからなかったが、とりあえず頷《うなず》いた。

「あれを譲れ」

「……あれは持ち帰るんでお断りします」

よくわからないが、誤解を与えないようきっぱりと蔵人は断った。

目の前の人物は、蔵人の言葉が意外だったのかしばらくきょとんとしていたが、意味がわかると顔を顰《ひそ》めて、一歩近づいて蔵人を威圧した。

「おれが誰だかわかって言ってるんだろうな」

今度は蔵人がきょとんとする。

「どちらさまで？」

蔵人の隣でやり取りを見ていた職員が、あちゃーと額に手をやって、蔵人の耳元で囁《ささや》いた。

「……この方はザウル・ドミトール・ブラゴイ様です。ブラゴイ様は四つ星《ガボドラッヅェ》、旧貴族ブラゴイ家のご子息です」

ザウルという名を思い出す蔵人。アカリを嵌《は》めた奴、という認識しかない。

「そういうことだ。わかったなら、譲れ。いくらか金も出してやる」

「いや、ちょっとこっちも理由があって譲れないんで」

「……四つ星《ガボドラッヅェ》のハンターに対して礼儀がなってないようだな」

ザウルは白い肌をいくらか紅潮させ、蔵人を剣呑な目つきで見下ろす。

蔵人はザウルとは目を合わさず、隣の職員に問いかける。

「そんなルール、協会に？」

「……ありません」

暗に、星が上のハンターには獲物を譲らなければならないのかと聞く蔵人を睨《にら》みながら、職員は首を小さく横に振った。

「そういうことで」

蔵人はペコっと頭を下げて、紺碧大鷲《スニバリオール》の置いてある場所に向かおうとする。

足元にパサッと紙幣が投げつけられる。

百ロド紙幣が十枚といったところか。蔵人がした今日の買い物分にも満たない。

「それだけあればいいだろう」

＊＊＊

マクシームが山から戻ったと連絡を受けたとき、ザウルは村の別宅に娼婦《しょうふ》を呼んで楽しんでいた。

使いの者に話を通すよう伝えておいたので、焦ることなくゆっくり一昼夜してからハンター協会を訪れると、マクシームはすでにいなかった。

どうやらすっぽかされたらしいとわかると、ザウルはギリリッと歯を食いしばった。

アカリという勇者がどうやら見つからなかったらしいことはわかったが、そのかわりにマクシームは山にひっそりと住んでいたクランドという男をハンターに推薦したと耳にした。

なにかつながりがあるのかと、その男の所在を聞きだそうと協会の奥に進んだとき、ザウルは見事な紺碧大鷲《スニバリオール》が買取保管場所に置いてあるのを目にした。

聞くとそれもその男が狩ったらしく、しばらくすれば取りに戻るとのことだった。

そういえば、妹の結婚式も近い。

幸福の象徴といわれる紺碧大鷲《スニバリオール》で衣装を飾るのも悪くはない。

ちょうどいいと、ザウルはその男を待つことにした。

＊＊＊

「俺は売らないと言ったんだが？」

蔵人は立ちふさがるザウルに口調を荒くして言った。

ザウルはウェーブのある金髪をきちんと整えており、髭《ひげ》などもない。アングロサクソン系の彫りの深い顔立ちはなかなかに精悍《せいかん》で、背丈も蔵人の頭一つ分高く、筋肉もほどよくついているようだった。

傷一つない革鎧《よろい》にガントレット、背には長剣を背負っている。どれも一目で高価なものだとわかる逸品だが、使い込まれていないため、お仕着せにしか見えなかった。まさに体格だけはいい貴族が趣味で狩猟をやっているといった塩梅《あんばい》である。

ただ、目だけは険しく、常に見下しており、蔵人には自尊心の塊にしかみえなかった。

「値を吊《つ》り上げるつもりか？　十つ星《ルテレラ》が狩れるわけもない。どうせ死にぞこないの紺碧大鷲《スニパリオール》を見つけて、殺しただけだろう。欲張るとろくなことにならんぞ」

関わりたくない、というのが蔵人の率直な心境であった。

なんせ雪白へのお土産である。これでお土産がなかったらどれだけ尻尾で抗議され、いつまで不機嫌でいるかわからないのだ。

「売る気は、ない」

詰め寄るザウル、引かない蔵人。

「いいのか？　この村で、いや国でハンターができなくなるぞ？」

ザウルにとっては脅し文句の一つだったのだろうが……。

「好きにしてくれ。別にこの国にいる必要はないし、ハンターをやる必要もない」

ここは日本ではないのだ。

愛着もなければ義理もない。言葉の問題すらないのだ。

言葉の能力はどうもあの声の主がくれたらしく、話すのと読むのは問題ない。初めてマクシームに会った夜は、アカリに前もって言葉のことを聞くのを忘れて直前まで心配していたが、問題はなかった。おそらくどの国に行っても問題ないのだろう。

半ばとらぬ狸《たぬき》の皮算用であったが、蔵人の言葉は実際にどの国に行っても問題なかった。

ますます剣呑《けんのん》になるザウル。腰のショートソードに手を置いていた。
蔵人も荷物を置き、いつでも対応できるようにする。
もう動けなかったではすまされない。

「――おっ、お待ちください」

第20話　鉄面皮のファインプレー

声をあげたのは昨日から蔵人《くらんど》と妙に縁のある、あの職員であった。

蔵人と同じ程度の背丈に細みの身体に、協会の制服、その顔に張りついてはがれない事務的な表情がなければ、どこにでもいそうな中年の職員だった。

そんな彼が、協会職員としての職務上、火中の栗《くり》を拾わんと二人の仲裁に入った。

ザウルを怒らせては、逆上させては大問題だし、『白槍《ヴィエーニカ》』の隊長とつながりのある妙な新人を放置しておいてもまずい。

そう職員は判断し、意を決して行動に出たのだ。

見守るだけだった他の職員たちは、この職員の行動に心の中で快哉《かっさい》をあげた。

口を挟んだことで、二人の視線にさらされた職員は、冷や汗をかきながらも職務を遂行する。

「ざ、ザウル様が必要なのはどの部位でしょうか？」

ザウルは興が冷めたとばかりに、ショートソードから手を離していた。

「……羽と嘴《くちばし》、瞳だ」

「クランドさんは何が必要で？」

なぜ俺が交渉に乗らねばならないという風な蔵人の耳に職員が囁《ささや》く。

（ザウル様はドルガン議会議員のご子息でもあられます。面倒がお嫌ならば、交渉を受けるのも手

かと）

蔵人は不服そうにしながらも答えた。

「肉と長尾羽を数枚」

職員はわざとらしく手を叩《たた》く。

「おお、それならばクランドさんがザウル様に羽と嘴、瞳を適正価格でお譲りになればいい」

職員の言葉は、事の行く末を見つめる人たちの視線を蔵人に集めた。

「……それでいい。解体は協会でやってくれ」

蔵人のその一言に、いくつもの安堵《あんど》のため息が零《こぼ》れた。

「よかろう、協会に免じてそれで許してやる」

ザウルもこれ以上、協会で騒ぎを起こすのはまずい。

何より妹の婚礼祝いである。

ケチがついても面白くなかった。

それでは、と職員はいそいそと紺碧大鷲《スニバリオール》の解体を専門の職員に頼みに行った。

まさしく、この場の勇者はこの職員であった。

こうしてザウルは紺碧大鷲《スニバリオール》の全身の羽とあざやかな青い嘴と瞳を。

蔵人は腕ほどもある長く美しい尾羽三本と全身の肉。

そしてザウルから代金の千ロドを受け取ることになった。

「クランドさん、協会に口座を作りますか？」

紺碧大鷲《スニバリオール》の代金を蔵人に渡す前に職員が聞いてきた。

「それはどこの町、国でも？」

「協会があるところならどこでも。協会内で両替もしていますよ」

「それなら、作ってくれ」

蔵人はタグとついでにマクシームから貰《もら》った紙幣の束をそのまま渡した。

紙幣の束にぎょっとする職員だったが、なんとか平静を装ってタグと紙幣を受け取ると、そのまま手続きに入った。

「口座に二万七千ロド、確かにお預かりしました」

蔵人はタグを受け取ると荷物を背負い、麻の袋に入った肉と尾羽を持って、協会を出た。

そして出るや否や肩の力を抜いて、ふぅと一つ息を吐いた。協会を出るまで、蔵人はザウルの嫌な視線を常に感じていたのだ。

その視界からのがれ、蔵人はちょっとした解放感を感じていた。

蔵人はそのまま宿に直行し、部屋で荷物を下ろすと、まだ日のあるうちにベッドにもぐり込んだ。

明日の朝の暗いうちに出発するつもりで今日のうちに部屋を引き払っておいたが、宿の主《あるじ》に話してもう一晩おさえてもらった。

白幻《はくげん》討伐の時期でもなければたいがい空いてるぜ、と開き直った返事があり、蔵人は次来たときにこの宿自体があるのか少し心配になった。

日も昇らぬ薄暗い中、蔵人は寝ている客を起こさぬようひっそりと宿を出た。宿に他の客がいるかどうかはさておくとして。

外は昨日買っておいた麻のシャツと、革の上下にブーツを着ていても肌寒い。

雪山でゆうに一年半も服としての体裁を保ってくれた作業着には多少なりとも愛着はあったが、作業着のままでは万が一にも正体が露見する恐れがあった。それはまずいと遅ればせながら着替えた次第である。

蔵人はぶるっと身体を震わせる。

革ということもあって作業着よりも丈夫そうであるが、防寒性は低いようだ。

もしかすると願いの産物である作業着には多少なりとも保温性があったのかもしれない。

蔵人はそんなことを考えながら強化魔法を全身にほんの少し作用させ、足元の大荷物を背負うと、山へ向けて出発した。

一本道の途中にある協会をちらりと覗《のぞ》くと、開いているようで、ついでに依頼でも見ておくかと蔵人は中に入る。

さすがに日が昇る前というのは早すぎたのか、新しい依頼は貼られていなかった。

蔵人は黄ばんだ塩漬けの依頼をジッと見て、一枚を剥《は》ぎ取ると、受付に持っていく。

「この依頼の納品はいつでもいいのか？」

眠そうな見知らぬ職員は、目をシパシパさせて依頼書を見る。

「……依頼を受けてから一ヵ月くらいであれば……ってこれ受けるんですか？」

頷《うなず》いてタグを取りだした蔵人を見て、職員は驚いた顔をする。

「いくらランクに関係ないフリーの依頼でも、十つ星《ルテレラ》じゃあなぁ」

数ヵ月も依頼の受け手がいない塩漬け依頼の場合、依頼人の了承のもと、ランクフリーの依頼になることがあった。

「ルール上は問題ないはず」

「いやあ、暗黙のルールっていうのがあって、元のランク、今回の依頼でいえば元は四つ星《ガボドラッヅェ》なので、その二つ下までっていう……」

「どうせ一年も塩漬けになってるんだからさ」

蔵人は食い下がる。

「困ったなぁ……でも、まあ、いいか」

シフトの交代時間が迫っていたし、眠たかった。最終的に職員が受理に応じたのは、そんな理由からだった。

蔵人は塩漬けされた依頼をなんとか受けてから、村を出発した。

村をぐるりとまわり、村の背後にそびえたつアレルドゥリア山脈を見上げる。

随分と長い間、家を空けていた気がした。

アカリと雪白《ゆきしろ》はうまくやっているだろうか。

そう考えると蔵人は急に心配になり、足早にアレルドゥリア山脈の麓《ふもと》の森林帯に向かった。

先を急ぐ蔵人の背を、見なれぬ男たちが音もなく追いかけていく。

男たちはザウル子飼いの者たちで、多くはハンター崩れで、中にはハンターではない者までいた。

アレルドゥリア山脈はハンターたちの中で、山脈の裾野に広がる『森林帯』、大棘地蜘蛛《アトラバシク》の生息域である『亜高山帯』、白幻の居のある『高山帯』のおよそ三層に分けられている。

その森林帯を抜けて、亜高山帯との境界に位置する野営地に蔵人がたどり着いたのは日も暮れかかった頃のことであった。

大荷物を持っての移動は、手ぶらでの移動と同じというわけにはいかない。

それでも通常のハンターの移動とそれほど変わりないのだから、断じて遅いわけではない。現に密《ひそ》かに蔵人を追っていた男たちはかなり疲労していた。

対して、蔵人は森の中を口笛を吹きながら移動しているのである。

ハンターとしての常識のなさと、聞いたことのないメロディの口笛に、蔵人のあとを追う男たちは余計に神経を苛立《いらだ》たせ、野営地についたときには完全に殺気立っていた。

すでに日は落ち、木々を切り拓いただけの真っ暗な野営地には蔵人が宙に灯《とも》した火の明かりだけが揺らめいていた。

蔵人はおもむろに火を消した。

すると森は霞《かすみ》のように蒼《あお》い月明かりの滲《にじ》んだ闇だけとなった。

――風切り音。

ヒュンと矢が蔵人を貫く。

立て続けに二本、三本。

だが蔵人は微動だにしなかった。

しばらくして、火精《ひせい》を明かりにゾロゾロと男たちが野営地に姿を見せる。

そして照らされた蔵人。

ぐらりと蔵人の身が崩れる。

文字どおり、ボロボロと、光に照らされた影が崩れるように消えていった。

「くそっ、どこいった。ただの十つ星《ルテレラ》だ、探せっ」

「こんな夜中にどこ探せってんだ。それにこないだマクシームを追った奴ら、ここで大棘地蜘蛛《アトラパシク》に襲われたらしいぜ」

「蜘蛛《くも》がこんなとこまで来るかよ。あいつら待ち伏せしかしねぇだろうが」

「まあ、落ち着け。どのみち、こんな夜に動いたら命がいくつあっても足りねぇよ。それは奴も同じさ」

男は舌打ちを一つしてから、ようやく今日の追跡を諦めた。

気にいらない新人が蜘蛛に食われていることを期待して。

なにも蔵人とて常識のなさゆえ口笛を吹いていたのではない。

雪白とのつなぎをとっていたのである。

人間の何十倍も優れた五感を持つ雪白は普段から何かと耳にしていた蔵人の口笛を遠方にて聞きつけると、その意図を察した。

そして、夜。

蔵人が影で身代わりを作ったあと、一人と一匹は密かに合流して明かりのない道を雪白の五感を頼りに進んだ。

雪白は人間には見えない大棘地蜘蛛《アトラバシク》の糸を避けることができる。たとえ夜でも蔵人一人くらいならばなんとか一緒に抜けることができた。

そうして普段の倍の時間をかけて、ようやく亜高山帯を突破する。

その頃にはもう空が白み始めていた。


洞窟に戻るとアカリはすでに起きていた。

キョロキョロしているところを見ると、雪白を探しているのかもしれない。

アカリは見慣れない格好をした蔵人に一拍遅れて気づくと、ペコリと一つ頭を下げた。

蔵人はアカリの近くまで斜面を登ると、転がっている石に腰掛け、ただおはようとだけ言った。

「用務員さんも、おはようございます。お疲れですね」

「ああ、これお土産。あ、あと、協会に蔵人で登録したから、これからはそっちで呼んでくれ。幸い、こっちでも違和感ない名前なようでな」

そう言って背中から下ろした大荷物から、ごそごそと尾羽を取り出して、渡す。

「蔵人、さんですか。わかりました。それにしても綺麗《きれい》な青ですねぇ、紺碧大鷲《スニバリオール》ですか？」

「知ってんだな、さすが先輩ハンター」

「や、やめてくださいよ。私も手にとって見たのは初めてですよ。飛んでいるのは何度か見たことありますけど」

ふと蔵人が背後に視線を感じて振り向くと、不機嫌そうな顔をした雪白が長い尻尾を地面にタシーン、タシーンと打ち据え、そっぽを向いてお座りしていた。

「雪白にもちゃんとあるから、そう怒るな」

そう言って紺碧《こんぺき》の長い尾羽を雪白の頭にのせた。

……これだけか？　そう言いたげな雪白の目がどんどんと不機嫌になっていく。

「じょ、冗談だ」

蔵人は慌てていくつかのブロックに分けた紺碧大鷲《スニバリオール》を取り出す。

雪白は差し出された肉をクンクンと嗅いでから、頭の上の羽などお構いなしに、一つ目のブロック肉にかぶりついた。

若干とけてはいるものの、凍ったままの肉を食べられるのだからさすがは魔獣といったところか。

それとも人の食べる『凍《ル》らせた生鮭《イベ》』のような感覚なのかもしれない。

「これ、討伐したんですか？」

雪白のご機嫌を損なわずに済んだ蔵人が、密かに胸をなでおろしていたとき、アカリが問いかけた。

「ん、ああ、草玉《トラボック》狩りしてたときに襲われてな。運よく、返り討ちにできた。そういえば草玉《トラボック》を除けば、ハンターになって初めての獲物がこれだな」

アカリは頬《ほお》をピクリと引きつらせる。

「初めての獲物が紺碧大鷲《スニバリオール》って、運もそうですが、そんな技術持った新人ハンターいませんよ」

「その鳥に関しちゃ偶然だ。そういえば一人で大物を狩ったのもこれが初めてか。そう考えると何やら感慨深いものが……」

蔵人は自分の分の尾羽を、昇りつつある太陽にかざして見つめた。

混じりけのない青が太陽に照らされて、輝いた。

「他の羽は売ったんですか？　服装も変わってるようですし、随分荷物ありますし」

アカリの言葉に蔵人は、大儀そうな顔をして尾羽から目を外す。

「いや、これまためんどくさい奴がいてな――」

そう言って、蔵人は山を下りたあとの顛末《てんまつ》を語りだした。


蔵人の話すその背後で雪白が、濃厚さはないけどこの淡白でコリコリした感じがくせになるわ、とでも言い出しかねないほど、満足げな表情でいそいそと二つ目の肉にかぶりついていた。

第21話　洞窟の我が家

話を聞いたアカリははっきりと顔をしかめる。

自分を陥れた男の話を聞けば誰でもそうなるだろう。

「さすがに、眠いな」

そう言って蔵人《くらんど》は岩から立ち上がって大荷物を持ち上げ、雪白《ゆきしろ》に渡した三つ目の肉を取り上げる。

恨めしそうな顔で蔵人を見上げる雪白。

「後で焼くからいいだろ？　塩とかも買ってきたしな」

雪白は少し迷った表情をするが、渋々といった感じで一つ唸《うな》ると、蔵人とアカリとともに洞窟に向けて歩きだした。

雪白は塩なんて知らなかったが、蔵人の期待させるセリフに肉を待つことにしたようだった。

蔵人は買ってきた狼《おおかみ》の毛皮と羊毛っぽい毛布を大荷物から取り出して、毛皮を地面に敷き、毛布をかぶってごろりと横になった。

「……なんで狩人が毛皮なんて買ってきたんですか」

アカリが呆《あき》れたように言う。

「綺麗《きれい》な剥《は》ぎ取り方も、なめし方も知らないし。臭くて虫が湧きそうだから諦めた」

「ふ、冬とかどうやって過ごしてたんですか？」

「一人の時は火精《ひせい》魔法で土を温めて、土精《どせい》魔法でその土に潜って寝てた。雪白が来てからは随分温かくなったな」

なんてことないように言う蔵人にアカリはめまいを覚える。

「あ、雪白もいる？　敷く物」

寝転んだ蔵人の頭の上にいる雪白から返事はなかった。

蔵人が大きく欠伸《あくび》をする。

「……あと、荷物とか適当に漁《あさ》っていいから。まあ、女物なんてわかんないし、たいしたもんもないから、あんまり期待とかするなよ」

それだけ言って、蔵人はすとんと眠りについた。


空も山も茜《あかね》色に染まる頃、蔵人は目を覚ました。

部屋の反対側の隅のほうで、アカリが囲炉裏《いろり》に種火を出して、火精《ひせい》魔法を維持しているのが見えた。

「なんだ、荷物漁らなかったのか」

「いえ、さすがに人の荷物を漁るわけには」

アカリは火精《ひせい》を散らして蔵人のほうを向く。

「ああ、悪いな、なんか邪魔したみたいで」

「いえ、ちょっとした暇つぶしついでですから」

蔵人は一つ伸びをして大荷物と部屋の隅にいつも置いてあるモスグリーンのリュックを持って、囲炉裏のそばに置いた。

そして暇つぶしというアカリの言葉にふと気づく。

「ああ、スマン。急な出発だったからなんも教えていかなかったな。メシとかどうしてた？」

「匿《かくま》ってくれるだけで恩の字ですよ。山を下りて、ハンターにもさせてしまって。ご飯は雪白さんがいろいろ狩ってきてくれたので。私が狩ろうにもこの辺のことよくわからないので、雪白さんの厚意に甘えていました」

「ああ、それは気にしないでくれ。報酬も貰《もら》ったし、一度約束したことだ。と、そうなるといろいろ説明したほうがいいか。いや、もしかして雪白に教えてもらったりしたか？」

「いえ、それは非常に残念なことなんですけどね。ご飯を届けて、見守ってくれてはいたんですが、それ以上は……こう、もふもふとかモフモフとかそんなことなくってですね」

「あ～すまん、説明するわ」

と言いながら蔵人が立ち上がると、しょんぼりしていたアカリも慌てて立ち上がった。

「まあ、たいしたもんないんだが。ここがトイレと風呂場」

何もなさそうな通路の真ん中の壁を蔵人が触ると、ドア大の穴がぽっかりと口を開く。

蔵人が中に明かりの火を浮かせると、地面をくり抜いて楕円形に石で縁取りされた大きな風呂ががどーんとアカリの前に現れる。

「えっ」

アカリの小さな驚きに答えず、蔵人は続ける。

「水は外の雪か、水精魔法《すいせい》で。あとは自分好みに火精魔法《ひせい》で温めてくれ。で、風呂場の横にトイレがあるんだが……やっぱちょっとマズイか」

蔵人は独り言を言いながら、風呂場の横の壁に触れて再び穴を出現させる。

そこには土製の和式便器がぽつんと鎮座していた。

しかしその便器の底は果てしなく深く、底が見えなかった。

「元は洋式だったんだが、雪白も妙に綺麗好きでな。洋式じゃしづらいってんで和式になったわけだ。用を足したら水精魔法《すいせい》で洗って、風精魔法《ふうせい》で乾かしてくれ。最後に土精魔法《どせい》で少し土を落としてくれれば匂いもなお一層防げるっと。……無神経だったな、すまん」

「だ、大丈夫です、が――」

「――そうか、ちょっとそこよけてくれ」

狐《きつね》につままれたような顔をしたアカリを脇に寄せて、蔵人はトイレの通路側の壁に手を触れる。

すると手が触れたところから土がゴリゴリと削られていき、風呂場の入り口の形と同じように壁が縁取られる。その縁取りの中はそのまま掘り進められ、そして貫通。

ボロボロと落ちている土を縁取りした部分に圧縮し、さらに残った土で風呂場とトイレをつないでいた穴を埋めた。

「これでいいだろ」

「あっ、なんかすみません」

蔵人の意図に気づいたアカリが申し訳なさそうにする。風呂とトイレが連結していると、いろいろと事故も起きる。それを防ぐためのトイレと風呂場の分離だった。

「じゃあ、次行くか」

風呂場を出て、その真向かいの壁に蔵人が手を触れる。

するとまた穴がぽっかりとあき、今度は冷たい空気が流れだした。

蔵人は部屋の温度を上げないように小さな火を手近に浮かべた。

小さな火がゆっくり横に動き、闇に浮き上がらせた光景にアカリは息をのむ。

「ここが貯蔵庫で、これが雪白の親が置いていった獲物だ」

氷に封じ込められた大小さまざまな魔獣の氷が溶けた様子はなく、部屋は零度以下に保たれているようだった。さながら恐竜の化石を展示する博物館のようであった。

もちろんこちらはナマモノだが。

「……『氷潜角白熊《リロベーチ》』『大平角山羊《ギガプローザ》』『雷鳴大鴨《ラグバリカ》』『頭杭猪《グアコバ》』『巻角大蜥蜴《バロバシシリ》』。み、見たことないのもいます」

「名前は知らん」

「それぞれが三つ星《セルロピ》か四つ星《ガボドラッヅェ》が集まって相手にするような魔獣ですよ。た、確かにあの飛雪豹《イルニーク》なら問題にしなさそうなのばかりですが」

「……ザウルも狩れるのか」

「無理でしょうね。一緒に狩ってくれる仲間もいないでしょうし、たとえ彼が十人いたとしても不可能です。例えば、マクシームさんを除いたとしても、あの飛雪豹《イルニーク》を狩ったときのメンバーならおそらく可能ですね。副隊長を除けば、ほとんど三つ星《セルロピ》ですが」

「ザウルだって四つ星《ガボドラッツェ》だろ？」

「優秀なハンターを雇って星を上げたらしいです。実際は六つ星《ベルチガバ》くらいだと思います」

「ふーん。なら、雪白でも狩れるのか？」

「雪白さんの現状の力がわからないのでそれはわかりませんが、飛雪豹《イルニーク》自体は三つ星《セルロピ》以上が入念に準備をして、見つけることさえできれば狩れるような魔獣です。普通の飛雪豹《イルニーク》が単独でこれらの魔獣を相手にすることは難しいと思います。あの飛雪豹《イルニーク》がある意味で規格外なんです。普通の飛雪豹《イルニーク》は雪白さんをもう一回りか、二回り大きくしたくらいが成獣のはずですが、あんな象を連結したみたいな大きさの飛雪豹《イルニーク》は記録にありませんよ」

蔵人がアカリの説明に感心していると、アカリは身を震わせる。

「ああ、すまん。寒いなここ」

そう言って浮かせた火を連れて貯蔵庫を出る。もちろんすぐに貯蔵庫の穴は閉じられた。


「で、ここが、作業場兼実験室ってところか」

囲炉裏のある部屋に戻り、いまだスピスピと眠る雪白の横でまた壁に穴をあける。

「入ってくれ、すぐに閉めるから。ここの匂いを雪白が嫌がるんでな」

蔵人の言葉に急いで中に入るアカリ。

蔵人は穴を塞《ふさ》ぎ、灯《ひ》を天井付近に浮かせる。

「なんだか怪しげなものばかりありますね……官憲に踏み込まれたらアウトじゃないですか」

ジト目で蔵人を見るアカリ。

緑や紫、青といった液体や粉末が土製の瓶に入れられていたり、書きかけの魔方陣があったり、角や牙、糸、毛皮の欠片《かけら》が散乱していた。

「ま、まあ自衛手段だ。ほれ、あそこに的もある、弓でも魔法でも練習するならここですとい
い」

「……まあ、いいですけど」

凸型の部屋の、突起部分に当たる場所が非常に奥行きがあり、それを利用して飛び道具の練習ができそうであった。

「あれ？　用務員さん、弓を使うんですか？」

アカリは部屋を見回すが、弓矢はない。

「弓矢は作れないから、ブーメランと魔法だ」

蔵人はそう言って脇に置いてあったくの字型のブーメランを取り上げると、ブンと投げた。

ブーメランはほぼ直線軌道で奥の土人形の頭に突き刺さると、そのまま土人形の頭を粉砕した。

「そ、それ三剣角鹿《アロメリ》の角ですか？」

「それあっちでも言われたな、有名なのか？」

「有名というか、確かに遥《はる》か昔はそれで狩りをしていた民族もいたらしいですが、今は一種の高級

インテリアですね。それこそ六つ星《ベルチガバ》くらいなら狩れるはずですけど。ここよりかなり寒い地方に生息してるんであんまり見られないんですよ」

「へぇ～、しっかし、ホント、詳しいな」

蔵人が感心してそう言うと、アカリは少し照れながら言葉を返す。

「半年間学園で文字とかこの世界の基礎知識を叩《たた》き込まれて、それから一年はハンターの勉強三昧《ざんまい》でしたからね。まあ自分でも意外でしたけど、まさかハンターっていう職業がここまで性に合うとは思いませんでした」

「文字って、書くほうか？」

「ええ。用務員さんも喋《しゃべ》ったり、読んだりはできますよね？」

「ああ、やっぱり召喚者は全員自動翻訳付きか？」

「そうです。もちろんこの世界の人はそんな能力も魔法もありませんよ。秘匿されている自律魔法があるかもしれませんけど。でも、ほんっと、日本でさんざん英語に苦労したのがバカみたいですよ」

「そうか。ところで、一年は四百日か？」

「えっ、あっ、そうか。そうですよね、魔法教本にそんなこと書いてないでしょうし。そうです、正確には四百六日で、閏年《うるうどし》はないそうです。日の数え方は――」

――グァウッ
突然、鳴き声がしたかと思うと、部屋の入り口が開く。

そこにはあの鳥を食わせろとでも言いたげな雪白がいた。

「……メシにすっか」

「そうですね」

ここの主《あるじ》は雪白である。アカリもそれがよくわかっているようだった。


蔵人は囲炉裏にでんと陣取って、買ってきた塩と胡椒《こしょう》を紺碧大鷲《スニバリオール》の肉にすり込み、囲炉裏の周りに突き立てた細い土杭《つちくい》に肉を刺す。

いつものように土精《どせい》魔法で作った鍋には油が親指ほど入れられ、塩と胡椒をすり込んだ肉に小麦粉をまぶす。油が熱せられたらその肉を投入する。

ついでに紺碧大鷲《スニバリオール》の骨と適当な野草、水を別の土製の鍋に入れ蓋《ふた》ごと癒着させて密閉し、追加で出した炎が青くなるまで火力を上げる。

「お手伝いします」

「おっ、じゃあ、そのから揚げを皿に移してくれ」

土製の皿と木の箸をアカリに渡す。

圧力鍋と化した土鍋の火を弱め、人のいないほうに向かって蓋に穴をあけると、凄《すさ》まじい勢いで蒸気が抜けていった。

蒸気の噴出が止まると、蓋を開け、骨と灰汁《あく》と野草を取り出し、塩と胡椒で味を調える。

それをお椀《わん》に入れて、買っておいた黒パンとともにアカリに渡すと、アカリのほうも竜田揚げモドキを皿に上げ終えていた。

「久しぶりの人間らしいメシだな」

出来上がったから揚げと鳥のスープ、黒パンを見て蔵人は満足げに頷《うなず》いた。

雪白にはすでに表面をこんがり焼いた半生の肉を渡してあった。今は目を細め、ゆっくりと咀嚼《そしゃく》しながら味わって食べているようだ。

「ん？」

アカリが驚きを通り越して呆れたような顔をしていた。

「意外に料理できるのもあれですけど、それよりすべて最下級の精霊魔法とはいえ、どれだけ魔力使っているんですか。明らかに多いですよ」


アカリと会うまでの五百八十日。

ほぼ毎日、一度は魔力を枯渇させている。

さらにそのうち、洞窟に篭《こ》もらざるを得なかった百八十日を二シーズンで計三百六十日は、多いときで一日に三度は魔力を枯渇させた。そのたびに全身は疼痛《とうつう》にみまわれ、頭痛、関節痛、喉の痛み、動悸《どうき》、息切れなどを嫌というほど味わった。

その甲斐《かい》あってか、魔力の少ないときは約八時間ほどの睡眠で元に戻っていた魔力が、今では半分ほどしか回復しない。おそらく魔力の最大値が増えたのだろう。

それを聞いたアカリは金魚のように口をパクパクさせる。

「まあ、あったかいうちに食え」

そう言って蔵人は手を合わせてから、まずから揚げをつまんだ。

砂肝のような食感の肉であった。コリコリとそれでいてじんわりと油が染み出てくる。

塩と胡椒の味がなんとも懐かしかった。

お椀に口をつけ、スープを啜《すす》る。

塩と胡椒のみであったが、鳥の臭みを野草が消して、あっさりとした味に仕上がっていた。

コッペパンの形をした黒パンは、硬かった。保存の利くものだから致し方ない。

黒パンを一つ強引にちぎって、スープに浸してから食べる。

「まあこんなもんだろ」

どことなく納得のいかない表情をしながら、アカリも食べ始める。

「……おいしい」

多分にお世辞も入っているだろうが、それでもパクパクと食べだした。雪白の狩ってくる肉だけの食事はさすがに合わなかったようである。

しばらく黙々と食べていた二人だが、おもむろにアカリが口を開いた。

「本当に、毎日枯渇させてたんですか？」

蔵人は箸を止めて、ああ、と頷く。

アカリはピクリと頬《ほお》を引きつらせる。

「筋トレと似たようなもんだろ？」

「全然、違います。命に関わる問題です」

蔵人は怪訝《けげん》な顔をする。

「普通はサポートする人がいないとしない訓練方法ですし、そもそもそんな危険な方法はしません。魔力が枯渇すると内臓機能などの身体機能が低下して、一歩間違うと死ぬと言われています。普通は枯渇の一歩手前でやめて、しばらく休むんです。枯渇ほどじゃないですけど、それでも魔力の供給量や最大値は増えますから。痛みもそれほどじゃないですし」

全体の生命力を百として、余剰生命力である魔力を五十とすると、アカリたちはそのうちの四十九ほどを使用して訓練していた。それ以上、五十を超えて使用すると気絶してしまうという。

「へぇ」

「か、軽すぎますよ！」

「といってもなぁ、気絶したあともすぐに食べられたし、問題なかったんだけどな」

「そ、それはっ、ぐ、偶然とか……は、ないですよね。千回以上も枯渇させて偶然が千回続くことなんて……」

二人して首をひねる。

蔵人とこの世界の住人の違い。それは魔力が生まれたときから存在して肉体を維持する機能を担っているかどうかの差であった。

蔵人も最初は五十を超えて魔力を使用するとすぐに激痛と共に気絶していた。だが、地球生まれの蔵人の身体は自身の肉体の力で諸々の身体機能を維持しているため、そもそも身体機能の維持に命精《めいせい》が生み出す生命力を必要としない。

蔵人は気絶してもなお古い教本通りに魔力を枯渇させ続けたため、生命力の総生産量の増大とともに、命精《めいせい》と地球産の肉体の認識のズレが修正されていき、現状では百の生命力のうち、七十五近くまでを魔力として使用することが可能になっていた。本人に自覚がないため、余剰生命力が増えたんだろうなという認識でしかなかったが。

そういう意味ではアカリたち召喚者すべてにいえることだったが、召喚者は召喚後すぐに最新の魔法教育を施されたために、魔法世界の住人と同じ訓練方法しかないと思い込んでいた。そんな方法があるとは夢にも思わないはずだ。

そしておそらくはこれからも、蔵人が検証しない限り、それが実証されることはない。

「とはいっても、ハンターとしては残念な親和性らしいから、有効活用できるかどうか」

「適性判定、受けたんですか」

「ああ、たしか――」

「――ちょっ」

蔵人は適性判定の時を思い出しながら話す。

「闇、次いで氷、それから順に、土、水、風、雷、火と続いて、あとは光か。闇が飛び抜けて親和性が高くて、反対に光が地を這《は》うように低いらしい」

「……ああ、なるほど。それなら精霊魔法主義のハンターには疎まれるかもしれませんね。でもマクシームさんが言ってました。精霊魔法だけじゃなく、自律魔法や命精《めいせい》魔法、道具、武器、そして身体の扱いまで含めて判断するべきだと」

「同じようなこと言われたよ。で、アカリの適性は？」

「その前に。誰かに聞かれても適性判定のことを言わないほうがいいです。手の内とか、相性の問題とか、それだけで随分読まれてしまいますから。この世界、それほど安全じゃないんですから」

アカリの剣幕に気圧《けお》されるように蔵人は頷いた。

「ああ、すまん。それなら聞かないほうが――」

「それとこれとは別です。用務……蔵人さんも教えてくれたんですから、私も教えますよ。私は光と一番相性がいいです。あとは、雷、火、土、風、水、氷、そして闇とは相性が悪いですね」

「正反対ではないにしろ、けっこう違うもんだな」

アカリは少し困ったような顔をした。

「実は召喚者はたった一人の例外を除いて、あっ、蔵人さんを入れると二人目ですが、全員似たような感じなんです。闇と氷の精霊に対して相性が悪いっていう」

「例外ってのは？」

「……一原颯人《いちはらはやと》さんです」

その名を聞いても蔵人の表情に変化はなかった。だが逆に、なんの変化もないことがアカリには気になった。

「言いづらいんですが、知ってのとおり一原さんは二つの加護を持ってます。そのうちの一つは『聖剣《ソード》』という名前だけしかわからない加護なんですが、もう一つのほうは非常に有名です」

アカリは箸を置いて手を合わせる。満腹なようだ。

「……『精霊の最愛《ボニー》』という加護で、精霊の姿を見て、精霊の声を聞き、精霊に触れることができるといわれています。そして何より闇の精霊を除いた、判定可能なすべての精霊との親和性がエリプスの歴代最高記録をすべて塗り替えました」

「……つまり闇以外のすべての精霊魔法で最上級魔法を発動できるわけか」

蔵人とて教本でそれなりに勉強している。

精霊魔法のうち、最上級魔法の発動にはいくつかの内的・外的条件があった。

そのうちの一つが、一定以上の精霊との親和性であった。普通の人間の親和力だけでいうなら、一人につき一つ、最上級魔法が扱えるようになる可能性があるかどうかというところだが、ハヤトは闇を除いたすべてが使えるようになるのだ。

「しかし、なんでまた闇との親和力が低いんだ？　加護の名前からしたら全部だろうに」

「推測になりますがもう一つの加護との関係ではないかといわれてます」

「聖剣《ソード》ゆえに、闇との相性が悪いと。まあいいや。あいつのことはどうでも。ところで――」

「――本当にどうでもいいんですか？」

アカリが窺《うかが》うように蔵人を見ていた。

「……だから、そうだって――」

「本当のことを聞きたいんです」

アカリの目は蔵人から逸《そ》れない。

蔵人は大きくため息をついた。

「……正直なところを言えば、気に入らない」

アカリの目が陰を帯びる。

「だけどそれはまあいい。探してくれなかった、なんて望んでもいないことで恨むのは、ただの恨みたがりの逆恨みだしな。まずは、この世界で平穏無事に生きる。日本ではできなかったが、せっかく再出発できたんだから楽しんで生きる。だからアイツらとは正直関わりたくないんだ。まず間違いなく面倒事に巻き込まれる」

「……ごめんなさい」

「まあ、正直、面倒なことに巻き込んでくれたなって感じてるが、いつかは人のいる世界に行かなきゃならなかったし、他の召喚者のその後が知りたかったのもまた事実だ。だからまあ、それほどアカリには悪い感情は持っちゃいない。別にアカリが何かしたわけじゃないし、当時十六歳の女子高生に何かできるわけもないだろうしな」

「……」

「ただ――」

言葉を切った蔵人の目は酷薄で、その表情は薄く鋭いが、それでいてどこか脆《もろ》い刃《やいば》のようにアカリには見えた。

「――アイツは許さないし、アイツらに対しては一歩たりとも絶対譲らない。それだけは確かだ」

盗まれた瞬間、盗まれたときの周囲の表情、蔵人はそれを忘れたことはなかった。

それだけ言って、蔵人は食事の後始末を始めた。

後始末を終えた蔵人はアカリも交えて、買ってきた荷物を整理する。

鉄製の手斧《ちょうな》、ナイフ、シャベルは部屋の隅に、ロープ、麻袋、革袋は壁にかける。

塩、安酒、小麦粉、黒糖の塊、胡椒、唐辛子はモスグリーンのリュックに突っ込んでいく。蔵人が試した限り、この中に入っている間は食料が腐ることはなかった。

ちなみにこのリュック、最初に入っていた魔法教本と大振りのナイフ、食べ物以外は入らないし、リュックの口より大きなものも入らない。蔵人は試しにいろいろ入れてみたが、ある一定以上は食べ物も入らなくなった。

「そ、それ、なんですか。ものが入ってる風には見えないんですが」

「これか？　願いとやらでもらった食料と水一年分の入ってたリュックだ。ちなみに食べ物だけならおよそ人間一人の一年分、食料が入るみたいだな、おおよそだけど。ないのか？　こっちにそういうアイテムボックス的な魔法や鞄《かばん》」

「ないです。自律魔法の一部は魔法具として売られてますけど、そういう魔法具は聞いたこともないです」

「俺の加護はこの『食料リュック』か……ヒジョーに頼りないが」

ちょっとだけ誇らしげな蔵人にアカリは申し訳なさそうに言う。

「……これも言いにくいですが、二年生に一人『有限収納《アイテムボックス》』という加護を持ってる人がいます。その人は輸送・商売関係の仕事を手伝っていますが、そのリュックよりも多くのものが収納できるようです。さすがに、無限というわけにはいかないようですが……」

「……」

麻や綿のシャツ・インナー、ズボン、革の上下はそれぞれ自分とアカリに。ちなみに男女の区別などはほとんどなく、サイズの違いくらいである。

「す、すみません。いろいろ面倒かけて」

と女の子らしく顔を赤らめて頭を下げた。

男に肌着を買ってきてもらったのだから、恥ずかしいのも当然だろう。

「風呂でも入ってくるといい、一昨日から着たきり雀《すずめ》だろ？」

アカリはさらに顔を赤らめ、着替えをぎゅっと抱いて風呂場にタタタっと走っていった。

背後から尻尾の一撃。

蔵人が振り向くと、一言余計だ、とでも雪白が言いたげであった。

第22話　ご機嫌取り

アカリが風呂から出たあと、蔵人《くらんど》は雪白《ゆきしろ》と風呂に入ったが、風呂上がりにさんざん雪白をブラッシングさせられた。

新しいブラシも買ってきてみたが、お気に召さなかったようだ。

三剣角鹿《アロメリ》の尾のブラシだとアカリに言ったら、それ以上の高級品は王都にでも行かないとない、というか女性にすれば垂涎《すいぜん》の的ですよ、と言われた。

少し手を入れれば、人間用としても使えるらしい。


その翌日。

日も昇らぬ早朝、昨夜の残りで簡単な朝食を済ませた蔵人、アカリ、雪白の三人はアレルドゥリア山脈での狩りに出た。

二日間篭《こ》もりきりだったアカリの気分転換と塩漬け依頼、そしてなにより、雪白のご機嫌取りのためであった。

雪白は尻尾をゆらゆらと立てながら蔵人、アカリを先導するように斜面を登る。

「ゴキゲンですね、雪白さん」

「わかるのか？」

アカリはくすっと笑いながらもどこか悔しそうに言う。

「それはわかりますよ。私といた二日間であんなに楽しげなことなかったですから。昨日だってあんなにブラッシングして……うらやましい」

「いつでもかわるよ」

「雪白さんに嫌われたくないんで遠慮しておきます。それにしても、本当に飛雪豹《イルニーク》が人と生活するんですね。日本にいたころから、動物に懐かれやすかったりします？」

「飼ったことあるのはオタマジャクシくらいだな。それ以外は特別飼ったこともないし、ましてや懐かれやすいなんてことはないな。まあ雪白とはこれくらいの時からの付き合いだからな」

そう言って手のひらをアカリに見せる。

「手のひら大の雪白さん……」

アカリはまたどこかへとトリップし始めた。

ぐぉう
雪白が早くこいと言いたげに吠《ほ》える。

「へいへい、いま行きますよ」

蔵人もトリップしていたアカリも慌てて雪白を追いかけた。

蔵人の食べていた野草にカレー風味のものがあった。

カレー風シチューとしてマクシームやアカリに振る舞ったあれである。

「わ、私、そんな高いもの食べてたんですか……言ってくださいよっ！」

アカリは顔を青くした。

「いや、今、アカリに教えてもらって名前知ったしな」

三人は蔵人の棲《す》む洞窟から斜面を登って、山頂近くまで来た。山頂には青々としたコケが広がり、その合間にはところどころ雪が残っていた。

背後にはさらに高い山々が白い冠を被って連なり、眼下に広がる森林の先にはサレハド村が小さく見えていた。

蔵人は雪をそっと剥《は》いで、その下にあるさらに青くそして透明なコケをまとめて毟《むし》り、一気に凍らせた。

「冷たいカレー煎餅みたいでうまかったんだが、これがひとかたまりで千ロドとはね。紺碧大鷲《スニバリオール》の羽や嘴《くちばし》と同じだと考えるとなんとも言いがたいな」

「『トラモラ草』は雪の下にある状態でこそ、味、香り、効能が高いので、なかなか採るのは難しいんですよ。この山は厳冬期になるとほとんど登攀《とうはん》不可能ですから、大棘地蜘蛛《アトラバシク》の石化中の三日、白幻《はくげん》討伐の時期しかないんです。でもその時期は暗黙の了解で白幻討伐に選ばれたハンター以外は白幻の居には近寄れませんから、実質的には誰も依頼を受けられなかったんだと思います」

蔵人がフーンと鼻を鳴らす。

そして雪白もクンクンと鼻を鳴らす。

パクリ

「……」

パリパリ、もしゃもしゃ
蔵人は無言で足元の雪をよせて、またトラモラ草を毟って凍らせる。

パクリ
「……」

「………」

「は、腹でも減ってるのか？」

パリパリ、モシャモシャ
雪白は無言で蔵人が凍らせるたびにトラモラ草を食べ続けた。

結局、雪白に取られずにすんだトラモラ草は三かたまりほどで、それらは蔵人の食料リュックに確保された。

それからすぐ、可及的速やかに雪白が希望している狩りに取り掛かることになる。

そうでもしなければ、すべてのトラモラ草が雪白に食べられてしまっていただろう。


「この辺はあまり来たことないな」

山頂から洞窟側とは反対の斜面を下っていた。

枯れ葉の混じった低木の葉の上には雪がところどころ残り、あきらかに洞窟側とは気温も違った。

グルゥ

雪白の警告である。

蔵人は音もなく身を低くする。そうしなければ雪白の尻尾が――。

ぺしっ
蔵人よりいくぶん弱いながら、アカリの顔に尻尾が直撃した。

アカリは微妙に身をくねらせながらも蔵人のまねをして身を低くする。

うふふっとアカリは嬉《うれ》しげだ。

アカリの性格的に故意に立ちっぱなしだったわけではないだろうが、その表情を見るとそれも怪しく思えてくる。

蔵人はアカリのことは見なかったことにして、雪白の視線の先をたどる。

人である。

ただし、口がない。鼻がない。目がない。眉がない。耳がない。

それ以外は、傷のある革鎧《よろい》を着た、棍棒《こんぼう》と盾を持った戦士である。

その全身にゆらゆらと冷気を纏《まと》い、歩くたびに低木や地面が凍りついた。

「っ怪物《モンスター》……」

震えた声でアカリが呟《つぶや》いた。

この世界で唯一絶対の邪《よこしま》なるものがいるとすれば、怪物《モンスター》である。

精霊が魔力を得られずに餓死寸前の状態に陥ることで正気を失い、変質し、具現化する、天災。

あらゆる生物の命精《めいせい》を飽きることなく喰《く》らい続けることから、すべての生物の敵と言われていたが、詳しいことはわかっていなかった。

蔵人にとって初めての遭遇だった。

知っているのは魔法教本に書かれていたことだけ。


その習性はただ一つ。

魔力に惹《ひ》かれて、襲いかかる。


相手は氷精《ひょうせい》の変異した、戦士型の怪物《モンスター》。

ここには壁になって近接に対応できるような人間はいない。

「……聖願《せいがん》魔法は使えるか？」

「……ハズレ勇者でも勇者ですからね、叩《たた》き込まれましたよ。ただ、少し時間がかかります」

「……ならトドメは任せる。俺は距離をとって時間を稼ぐから、狙われないようにしろよ」

アカリは真剣な顔で頷《うなず》く。少し震えているようだ。

確かに蔵人も恐怖を感じていた。

根拠のない、得体のしれない恐怖を、心の根っこ、人としての根源に感じていた。

それでも、と蔵人はそれを捩《ね》じ伏せる。

退《ひ》けるならば退くが、どうやら退けそうにない。

獣のようなスピードで怪物《モンスター》がこちらへ駆けてくる。

蔵人は怯《ひる》みそうになる。

だが雪白はまるで流星のように怪物《モンスター》の横っ面を一掻《か》きして通り過ぎ、怪物《モンスター》の足をとめた。

退けそうにないなら、捩じ伏せるしかないのだ。

蔵人は怯みを押し込め、怪物《モンスター》が足を止めた一瞬にブーメランを投げる。

ザクリとそれは怪物《モンスター》の顔に突き刺さる。

太いひっかき傷、ブーメランの刺し傷、両方から赤い血が流れるが、流れるそばから凍りつく。

怪物《モンスター》は血を流す。さながら人のように。

それでも蔵人は手を緩めない。

怪物《モンスター》には過剰に攻撃してなお足りないと教本にあったのだ。

怪物《モンスター》の直下から土精《どせい》魔法で土の杭《くい》を射出する。

股《また》から胸にかけて串刺しになった怪物《モンスター》の歩みは完全に止まった。

そこへ背後から飛びかかった雪白が、怪物《モンスター》の首を食いちぎる。

同時に、地面の四方から突き出た土の杭が、怪物《モンスター》に突き刺さった。

ごろりと転がる怪物《モンスター》の頭部。

蔵人は一つため息をついて、アカリを見る。

弓を構えたアカリは淡く光を帯びていた。

「ま、まだですっ」

アカリの警告。

蔵人は振り返った。

串刺しになった土の杭を凍らせて、すべて粉砕し、首のないままの怪物《モンスター》が迫っていた。

腰のククリ刀を抜く。

蔵人にできたのはそこまでで、怪物《モンスター》の棍棒が振り下ろされた。

一撃で、皮膚のように発動していた命精《めいせい》魔法の対物障壁《スキン》が破られる。

障壁を修復する間もなく、振り切られた棍棒が跳ね上がって蔵人を襲う。

横から雪白が猛スピードで噛《か》みつくも、それは盾のある腕だ。

怪物《モンスター》は雪白を食いつかせたまま微動だにせず、棍棒は下方から蔵人の顔めがけて振り抜かれた。


振り抜かれた棍棒と顔の間に二本の腕が間に合っていなければ、今頃、蔵人の首から上は砕かれていたかもしれない。

無残に折れた蔵人の両腕。

鎖骨の辺りに矢が突き刺さって動かなくなった怪物《モンスター》。

時が止まったようであった。

「ううっ」

蔵人のうめき声に、アカリと雪白は、駆け寄る。

蔵人の意識は朦朧《もうろう》としていた。

両腕をへし折ってなお、あの棍棒は蔵人の脳を揺らしたのだ。

思考がまとまらない。

アカリと雪白がこちらへ駆け寄るのが見て取れた。

目の前には怪物《モンスター》の死体。

遠くに顔のない頭部が見えた。

まだ生きている気がした。

朦朧《もうろう》とした意識のまま土精《どせい》魔法を発動して怪物《モンスター》の頭を土の箱に封じると、蔵人の意識はぷっつりと途絶えた。


蔵人が目を覚ましたのは、その日の夕方だった。

それほど眠ってはいなかったらしい。

蔵人が買ったばかりの毛皮の敷物から身を起こす。

「ああ、ダメですよ、寝てないと。両腕と顎《あご》を骨折してるんですから」

身体が熱っぽかった。

毛布を剥ごうとすると、びきりと腕に激痛が走る。

「うごっぅ」

うめいて身をよじる蔵人の毛布をアカリが捲《まく》る。

「熱いですよね。意識がなかったので、勝手に治療させてもらいました」

申し訳なさそうなアカリが横に座っていることに蔵人は今、気がついた。

「マクシームさん仕込みの命精魔法《めいせいまほう》ですからね」

それを聞いただけで、どこかマッチョになっているような気がした。

「うごぅっ」

「顎の骨が折れてたんです。まだ喋れないと思います。粉砕してなかったのが幸いでしたね」

蔵人はぐぅと唸《うな》る。

「ふふふ、これでも命精《めいせい》魔法の治療は得意なんですよ。意識のないときにかけたきりですから、もう一度かけます。受け入れてくださいね」

意識のないときを除き、命精《めいせい》魔法には了承が必要である。それなら意識のないときに洗脳などをかけられそうなものだが、意識のないときの治療は命を維持するだけの治療しかできなかった。

こうして加速度的に回復させるには本人の了承が必要だった。

「がぁぁあああああああああ」

口を開いたまま、蔵人が叫んだ。

折れた顎の骨の亀裂を合わせ、それの回復を促す。歯を食いしばらないように、ご丁寧にも顎の骨を外しているようだ。いつのまにか足も拳も土で固定されていた。

そのまま腕の骨へとアカリが移動する。

「がぁぁあああああああああ」

両腕も同じようにされ、最後に顎をはめられて、治療は終わった。

アカリが額を手でぬぐいながら、満足そうに顔を上げた。

治療の時のアカリはサディストそのものである。

「とりあえずつなぎましたので、大丈夫かと。今夜はきっと熱いと思いますけど我慢してくださいね」

命精《めいせい》魔法での身体の修復は早めれば早めるほど、痛みとその後の熱がひどくなった。

「う、あ、おっ、しゃ、べれるな。で、ど、うなった？」

蔵人は怪物《モンスター》がどうなったのか知りたかった。

アカリはやりきったような顔をひっこめて、申し訳なさそうな顔をした。

「用務……蔵人さんが閉じ込めた首はトドメを刺しておきました。土の塊になってなお動いたときはびっくりしましたよ。身体も首も消滅させたので大丈夫です。でも……」

アカリが仰向《あおむ》けになっている蔵人の足の先を見る。

蔵人も首だけでそちらを見ると、
そこにはしょぼんとして座る雪白と、小さな丸盾があった。

第23話　怪我

守っているつもりだった。

教えているつもりだった。

蔵人《くらんど》は目もきかないし、鼻もきかない。足も遅い。

だから、守ってやらなくちゃいけないのに。

だけど、蔵人は怪我をした。

口からたくさん血が流れていた。

自分だけなら蔵人は死んでいたかもしれない。


しょぼんとした雪白《ゆきしろ》はのそのそと近づいて蔵人の身体に鼻先をこすりつけた。

妙にしおらしくなった雪白を蔵人はなんとか動く腕で、ぽんぽんと撫《な》でた。

雪白はくるりと戻って、小さな丸い盾を咥《くわ》えてきた。

それを蔵人の寝ている横に置く。

「こ、れで、身を、守れ、と？」

ぐぁう
雪白は自分が食いついてなお止まらなかった怪物《モンスター》の力を知った。これなら蔵人を守ってくれるかもしれないと思ったのかもしれない。

雪白は一つ唸《うな》って蔵人に顔をこすりつけると、そのまま蔵人の枕元で丸くなった。

アカリが言う。

「怪物《モンスター》を消滅させたら、棍棒《こんぼう》と盾が残りました。たまにそういうことがあるとは聞いたことあったんですけど、私は初めて見ました。といっても怪物《モンスター》と遭遇したのは二度目ですけど」

棍棒は少し離れた壁際に立てかけてあった。

「棍棒も盾も問題ありません。十分に使えますよ。性能はちょっと私じゃわからないですね」

「て、まを、かけさせ、たな」

アカリは慌てて首を振る。

「そ、そんなこちらこそ、あまり役に立てなくて」

「そん、なこ、と、はない。お、れは、聖《せい》、願《がん》魔、法は使、えないか、らな」

「大なり小なり、誰でも使えるようになりますよ。身体が動くようになったら教えますから」

アカリがそう言ったのを聞いたあと、蔵人は瞼《まぶた》を閉じた。眠気に耐えられなかった。


熱い湯を全身に浴びたような熱さに目を覚ます。

全身から汗が滝のように流れていた。

周囲は真っ暗である。

囲炉裏《いろり》を挟んで対面にいるアカリはこちらに背を向けて眠っていた。

蔵人は気にする必要もないかとシャツとズボン、インナーを脱いで、全裸になる。

腕はほぼ痛くないといえた。多少の違和感があるくらいである。

この世界に来て、初めて大怪我をして、命精《めいせい》魔法の治療を受けた。これほどとは思わなかった。

その代償としての、この熱であろう。

蔵人はそっと立ち上がった。

雪白の耳がぴくっと動き、うっすらと目を開けた。

蔵人が風呂場に向かうと、雪白もそれについてきた。

寝ていたせいか、光がいらないほど夜目が利く。

風呂場についた蔵人は水精《すいせい》魔法を使おうとするが、使えない。

というよりも魔力が底をついているようだった。

「参ったな、こんな副作用があるとは。……水出してもらえる？」

ついてきていた雪白に言ってみると、あっという間に風呂は水でいっぱいになった。普段は蔵人がすべてやっている。頼んでもあまりしてくれないのだ。

ありがとうと言ってから、蔵人は風呂に身を沈めた。

ザバッと風呂から水が溢《あふ》れる。

あぁぁぁぁぁと蔵人の喉から声がもれる。

ほてりを通り越して熱い身体がじわじわと冷やされていった。

そこへザブりと雪白が飛び込んだ。

「お、おい、あ、こら、がぼぼぼ」

さらに水が溢れる。

ヒョコっと水から顔を出し、そっぽを向いて水風呂につかる雪白。

たいして冷たくもないのだろう。吹雪の中を駆け巡るのだから水風呂などどうってことはないのかもしれない。だがそのくせ、湯も好むのだからよくわからない生き物である。地球にはいない魔獣というカテゴリー特有のものだろうと、蔵人は強引に納得することにした。

しばらく蔵人は水につかった。

真っ暗なまま、風呂場は静かだった。

少し違和感のある、傷のない腕と手を見つめる。

赤い血を流す人型の怪物《モンスター》にブーメランが突き刺さった瞬間。

土の杭《くい》が人型の怪物《モンスター》を串刺しにした瞬間。

特に何もなかった。

というのは言い過ぎかもしれない。こみ上げるような何かもあったような気がするし、嫌な気分を押し殺したような気もする。

それなりに魔獣を殺してきたが、初めて人型の怪物《モンスター》を殺したせいなのかもしれないし、そうじゃないのかもしれない。

ただ、悔いも罪悪感も薄い。

自分とアカリ、雪白を守るために殺した。

そこに悔いや罪悪感はいらない。

どうしようもないくらいに『詰んだ』のなら、決断するだけである。

こうやって殺すことを正当化しているのかもしれない。

だが、それでいいとも思う。

殺さなければ守れないなら、殺すだけだ。

日本では許されないかもしれないが、ここはそれを許さない社会ではない。

いや、人がいれば社会はあるのだろうが、その社会には属していないし、これから属する気もない。

実際のところは、人を、殺してないからなんとも言いがたい。

もちろん、殺したくはない。

狩りでも殺すのが気持ちいいと思ったことは一度もない。

生き物を斬る感触は、おそらく好きにはなれない。

それでも、こんな世界で生きていくのなら、いつか人を殺すことになるのかもしれない。

腰の剣に手をかけたザウル、荷物を持って山を登る自分を狙ったハンターたち。

事情が違えば、殺し合いに発展していたかもしれない。

そんな時が来なければいいと願いつつも、今日のように躊躇《ためら》わなければいいなと願う自分がいた。

ザバっと蔵人が勢いよく立ち上がる。

「——用務員さーん、どこですかー。まだ治りきってないんですから動き回ってはダメですよー」

風呂場の入り口の穴は開きっぱなしだ。

立ち上がったままの蔵人、そこに通りかかった火精《ひせい》を浮かせたアカリ。

向き合う二人。

世界が、再び、時を止めた。


「――きゃあああああああああああああああああああっ」


蔵人の悲鳴、ではない。

アカリの悲鳴が洞窟に響き渡った。

「なんで明かりもつけないでそっぽを向いていた。

アカリは顔を赤くしてそっぽを向いていた。

「なんで明かりもつけないでお風呂にいるんですか。しかも、ぜ、全裸だし」

「いや、風呂では普通、全裸だろ？」

「う、うるさいですっ。ていうか治るのが早すぎるんですよ、確かに修復は早めましたけど、一日でほぼ完治とかそんなに早めた覚えはありませんよ」

蔵人がそっぽを向いて、頬《ほお》をかく。

「……も、もしかして自分でも回復したんですかっ」

「……こんな機会、滅多にないと思って」

「な、な、ま、魔力なんて私が治療に使って枯渇寸前のはずですっ」

「水風呂から上がって、もうひと眠りしたら半分までいかないまでも回復してたから、使った」

「そ、そんな……」

「というわけで腹が空いたんだが」

傷の大小にもよるが、命精《めいせい》魔法による副作用は枯渇寸前になる魔力、修復熱、そして空腹である。

人が食べてエネルギーを得ている以上はどうにもならないことであった。

「……あのリュックサックが開けられないので、肉と野草を煮込んだものしかありませんよっ」

囲炉裏には細かい枝がくべられて、コトコト煮立つ土鍋があった。

「へぇ、あのリュック、俺しか開けられないのか。知らんかった」

そう言いながら、蔵人はリュックサックをアカリから受け取り、塩、胡椒《こしょう》、唐辛子、黒糖の塊、小麦粉、パンを次々と取り出してはアカリに渡す。

アカリは鍋の蓋《ふた》をとり、塩、胡椒、そしてちぎったパンを土鍋に入れ、また蓋をした。

「ああ、そのまま保管しといてくれ。明日はまた村に行くから、俺がいない間、ないと困るだろ」

「な、何を言っているんですかっ！」

アカリの首がグルンとこちらを向く。凄《すさ》まじい剣幕である。

「昨日、顎《あご》と両腕を骨折した人がその二日後に山を下りるとか、どこにいるんですかそんな人っ」

蔵人の背後でいつのまにか生肉をモグモグしていた雪白も、肉を置いて唸る。

蔵人は片手で雪白の顎の下を撫でながらアカリに言う。

「怪物《モンスター》なんてもん出たし、一応、報告だけでもな。仮にもハンターだし、それで麓の村が壊滅したってなったら寝ざめも悪いし、何より不便だろ」

言われたアカリはむぅと言いよどむ。

怪物《モンスター》は繁殖こそしないが、一体が現れると周囲の精霊を巻き込んで増殖し、さらにそれが一定数を超えると『怪物の襲撃《エクスプロード》』を引き起こすと考えられていた。

村八分とは、村の中で対象を疎外することだが、火事と葬儀（二分）の時だけは協力するという。エリプスにおいて、どんな時でも協力しなければならないといわれるのが、怪物の襲撃《エクスプロード》である。

アカリもそれを思い出して、口をつぐんだ。

蔵人はふさふさとした喉元を掻《か》き転がしながら、雪白を見る。

「依頼はこっちでできるようなのを探してくる。それなら一緒にできるだろ」

雪白は喉をもふもふされながら表情は、怒ったり、気持ち良さそうになったりと忙しい。

そ、そういうことじゃない、心配してるんだ、うにゃ、気持ちい……じゃ、じゃなくて、心配してるんだ……ぞ。

そんなところだろうか。雪白の葛藤が見て取れるような表情の変わり方である。

そんなやり取りをいくつか繰り返し、しかたないとアカリと雪白は折れた。

ただし、

「それなら聖願《せいがん》魔法を覚えてからです。聖願魔法も覚えてないのに、怪物《モンスター》を倒したなんて、誰も信用しませんよ」

アカリはプリプリしながら、肉と野草を煮込んだものにパンを浸したパン粥《がゆ》モドキをお椀《わん》に入れて、蔵人に渡す。
ぐるぐるう
雪白もそうだとでも言わんばかりである。
確かに、そのとおりである。蔵人はお椀を受け取りながら頷《うなず》いた。

さすがに一夜で聖願魔法を覚える、というのは無理があった。

聖願魔法は、古くはサンドラ教の神官や『月の女神の付き人《マルウナ・ニュウム》』といわれる修行尼僧たちが用いていた秘匿された魔法であった。

しかし人口の増加によって生活圏が広がり、必然的に怪物の襲撃《エクスプロード》が増えると多くの人が犠牲になるようになり、それを嘆いた月の女神の付き人《マルウナ・ニュウム》が聖願魔法を全世界にむけて公開、それは瞬《また》く間に広がった。

信じる神が違ったとしても聖願魔法の発動には支障がなかったことも、怪物《モンスター》に怯《おび》える者たちには望外の喜びであった。

その呼び出し方自体は簡単である。

無垢《むく》の存在を信じて、願う。

それがわずかな間だけ怪物《モンスター》を滅する聖霊を生んだ。

聖霊がなんなのか、魔法的によくわかっていない。

宗教者たちは至極簡単に言う、神の力だと。

神を無垢と言い換えるとは不敬だ不信心だと宗教者たちは言うが、神の存在を信じていない者も聖願魔法を発動させたのだから、神というのは正確ではない。かといって精霊と呼ぶには性質が違いすぎていた。

現状よくわからないが、使えているから問題ないだろう、というスタンスが五百年以上続いている。そんな大学の講義じみた歴史をアカリからげんなりするほど受けながら、蔵人が聖願魔法を発動させたのは三日後のことだった。

その間は最新の自律魔法具の情報をアカリに聞いたり、逆に精霊魔法の並列行使のコツを蔵人が教えたりもした。

三日後の朝、蔵人は村に下りる準備をしていた。

「ああ、これ」

「これは？」

蔵人は魔法教本と野菜の種をアカリに渡した。

「暇つぶしくらいにはなるだろ」

蔵人は革の上下にブーツを着こみ、背中にブーメランとククリ刀をつけ、食料リュックとわずかな荷物を背負い、片腕には丸盾をくくりつけた。

棍棒はアカリの取り分とした。討伐の証明には丸盾を見せれば十分なはずだった。

「ありがとうございます。でもそんなことより、防具、忘れないでくださいよ。防具があれば腕も顎も折れなかったかもしれないんですから」
三日前から、アカリにさんざん言われていることだった。
「わかった、わかった。そうぷりぷりするな」
腕は完全に治った。骨折した翌々日くらいまではほてりがあったが、今はもうない。
蔵人は完全な状態で山を出発する。
その脇には、雪白がいた。
大棘地蜘蛛《アトラバシク》のナワバリの外まで蔵人を送るらしい。
あれ以来、雪白が優しくなった。なんていうことは、ない。
今も、早く行くぞ、日が暮れる、とばかりにご立腹であった。

第24話　依頼の無効と支部長

蔵人《くらんど》は協会にいた。

村につくのは深夜になりそうだったため、外で野営したあと、早朝に村へ入った。

「依頼が無効？　どういうことだ？」

例の職員である。今日も相変わらずの鉄面皮である。

「クランドさんが依頼を受注する前に、ドルガン議会により、依頼受注のルールが明確化されました。いわゆる塩漬け依頼が受けられるのは適正なランクより、二つ下までと、暗黙のルールがそのまま協会規則になります。協会規則の明確化は依頼受注日時の前ですので、依頼は無効です。クランドさんが請求なされた受注書の写しと協会規則追加の日時を比べますか？」

スラスラと、あたかも自分が上位者であるとでも言わんばかりに説明する職員。

「連絡の不備自体はこちらの新人のミスですので、規則違反によるペナルティは特別に課せられず、依頼失敗ということにもならないのでご安心くだ――」

挙句、恩に着せてくる。

「――ああ、わかった。もういい」

職員の口上を遮るように、呆《あき》れ切った蔵人がそう言った。

「そうですか……では、お持ちのトラモラ草はどうなさいますか？　こちらで確認した後、買い取

──」

「──いや、いい。持って帰って自分で食う。バカバカしい」

「ご、ご自分で、ですか」

ここでようやく職員にわずかばかりの動揺が見られた。

「一応、確認させていただけますか？」

「依頼は無効で、俺は売らない。それなら見せる必要もないだろ」

「……そうですか」

「それより、話がある」

職員は眉をひそめる。

「抗議したところで──」

「違う。したって無意味なんだろ？　国からの通達だから。……怪物《モンスター》関連の話だ」

職員の顔は一気に引き締まる。

「どのようなお話かまず聞かせてもらっても？」

職員の小声につられて、蔵人も小声で先日の氷戦士型の怪物《モンスター》について告げた。

「……わかりました。支部長に連絡しますので、しばらくお待ちください」

そう言って職員は慌ただしく奥へと消えた。

「おいおい、十つ星《ルテレラ》が四つ星《ガボドラッヅェ》の塩漬け依頼、それもトラモラ草の採取をやったってか。ふかすのもたいがいにしろやっ」

後ろにダラダラと並んでいた禿《は》げた筋肉ダルマが、蔵人の前に割り込む。

蔵人がどこかで見た顔だなと思うと同時に相手も何かに気づいたような顔をする。

「おいおい、この間のヘタレな新人じゃねえか」

そのドラ声にわらわらと、残り二人のチンピラハンターも集まってきた。

「トラモラ草だぁ？　おいっ見せてみろよ。本当なら、な」

「ちげぇねえ、持ってんなら見せられるよな」

蔵人は不快そうな顔をする。

「自分で食うから、気にしないでくれ」

蔵人がそう言うと、絡んできた三人は顔を合わせて大笑いを始めた。

ゲラゲラと下品な笑いである。

「ゲハハハハ、自分で食うとか、バカじゃねぇのか？　あんなもん食うのは、お貴族さまくれえだよ」

「売るほうがいいに決まってんだろうが。ひとかたまり千ロドだぞ？　王都に行けばスパイスがどんだけ買えるとおもってやがる」

「ま、まさか、今どきスパイスも知らねえんじゃねえだろうな？　どこの田舎もんだよ、ゲハハハハ」

なるほど王都に行けばスパイスがあるんだなと蔵人はちょっと嬉《うれ》しくなったが、下品な顔に付き合わされた分だけ損したかな、などと、とりとめもないことを考えていた。

「おいっ、聞いてんのかっ！」

どんと蔵人の肩を小突く鼻にピアスをしたチンピラハンター。

「クランドさん、奥へお願いします」

職員の声がした。蔵人はこれ幸いとスタスタと奥へ行こうとする。

「待てよっ」

モヒカン頭のチンピラハンターが蔵人の肩を掴《つか》む。

蔵人はゆっくりと肩を掴んだモヒカン頭の腕を掴んだ。

「ああ、やんのかっ」

禿げた筋肉ダルマと鼻にピアスをしたチンピラハンターが身構える。

「い、いだだだだだだ、は、放せ」

蔵人が何かしたようには見えなかったが、モヒカン頭は叫びをあげる。

「先輩方、職員に呼ばれてますので、行ってもよろしいですか？」

尋常ではない仲間の痛がりように残りの二人は何も言わない。言えない。

では、といって蔵人は腕を離し、奥へと歩いていった。

もうチンピラに恐怖は感じなかった。

「あ、あの野郎、つ、爪を立てやがって」

「魔法使ってる気配はなかったな」

「大げさに騒ぎやがって、見せてみろ」

禿げた筋肉ダルマは乱暴にモヒカン頭の腕を取る。

「……おいおい、お前は狼《おおかみ》にでも噛《か》まれたのか？」

腕の皮膚を破って痣《あざ》になっている五つの指跡がそこにはあった。


蔵人は指をグーパーしながら、指先に特化して鍛えた甲斐《かい》があったかなと人体実験ができたことに満足げであった。

基本的に蔵人の師は日本にいた頃に読んだ市販の武術書と雪白《ゆきしろ》である。

組み技・合気道系の武術はまず相手がいなければ練習もままならない。

打撃系は一人で稽古できるものの、当て勘、防御などはやはり相手がいなければ養いがたく、スポーツの技術はよほどのセンスがなければ野性に通じない。

ならば古流武術のように一点を鍛え上げて武器にし、一撃を磨くのがいいと蔵人は判断した。

それが間違いかどうか、教えてくれる師すらいなかったのだからしょうがない。

あとはそれに基づき、反射神経、身体能力を駆使して、雪白とひたすら格闘するだけであった。

一度、雪白にローキックをかましてみたら、そのままマルカジリされそうになったので、それなりに間違ってはいないはずである。

前を行く鉄面皮の職員がコンコンとドアをノックした。

そのまま通され、大きな机のある前に立たされる。

その机に両腕を組んで座るのは、仕立てのいい服で身を包んだ、人種《ひとしゅ》の年輩の男であった。

「ふむ、いろいろと問題を起こしてくれているようだな。その挙句、怪物《モンスター》が出た、と。まあ、『白槍《ヴィエーニカ》』の隊長の推薦だ、そうそう除名になることもあるまいと高をくってるんだろうがな」

名乗りもせずに、支部長は目を細める。

「あんまり嘗《な》めてくれるなよ？」

嫌な視線が蔵人をなめるように見る。

その視線にさらされた蔵人は、この協会にはまともな人員はいないのかねと、どうでもよくなってきていた。

「まあ、よかろう。支部長のヤコフ・セルゲリー・マイゼールだ」

「どうも。クランドです」

「知っとるよ。いろいろ、苦情も来とる」

そう言って、蔵人の報告も聞かずにくどくど話し始めた。

あまりに長く迂遠《うえん》なそれを要約すると。

協会の規則ぎりぎりの行為が目立つこと。

ランクにそぐわない狩りを故意にしていること。

仮登録の十つ星《ルテレラ》の分際でザウルに面倒をかけたということ。

恫喝《どうかつ》して無理に塩漬け依頼を持っていったこと。

先導者もつけずに依頼を受けたこと。

最後の以外は言いがかりだと蔵人が言ってみるも、マクシームの推薦というだけの背景しか持たない新人ハンターの言葉を支部長が信じるはずもない。

協会職員や地元のハンターは有名人が推薦したとはいえ出所不明の山人など、流民・難民という程度の認識でしかない。

支部長が地元の者や議会有力者の言葉を疑う余地は、わずかばかりもなかった。

「ふむ、では、一応、報告とやらを聞いておくか」

蔵人はもう投げやりに事情を説明する。こうなる可能性はあると考えていたが、実際にこうであると話す気が失せる。

「ふん、そうなると十つ星《ルテレラ》である君が、一人で、氷戦士型の怪物《モンスター》を倒したことになるわけだ。その盾がその証拠だと」

アカリや雪白のことを言うわけにはいかないのだから、そうなる。それについて一片の罪悪感も蔵人にはなかったが。

アカリにしろ、雪白にしろ、話に出せないのは自業自得であり、立場の違いゆえ致し方ないことだ。

見るからにくたびれた小型の丸盾をちらりと一瞥《いちべつ》する支部長。

「どこにでもありそうなものだな。嘘《うそ》をつくなら、もう少しまともな嘘をつきたまえ。早く仮の状態を脱してランクを上げ、ハンターの優遇措置を受けたいのだろうが……そうはいかん」

流民の企みなどお見通しだ、とでも言いたげなドヤ顔である。

「さあ、もういいだろう。出ていきたまえ。頑張ってランクを上げるのだな……おおっ、だがな、君につける先導者がおらんのだよ。勇者とかいう名誉欲に取りつかれた奴のおかげで、ハンターが減ってしまってな。先導者がいなければ、依頼は受けられんぞ？」

もうハンターとかどうでもいいかなと蔵人が思い、部屋を出ようとする。

コンコン。

「いいぞ。ほれ、なにをしておる、早く出ていきなさい」

ガチャリと開くドア。

ぬっとドアをくぐって入ってきたのは、巨人種《きょじんしゅ》の女であった。

「四つ星《ガボドラッヅェ》、イライダ・バーギンだ。今日から世話になる」

褐色の肌。鋭く精悍《せいかん》な顔立ちにはどこか色気が漂っている。

ちりちりとした赤毛はライオンの鬣《たてがみ》のようにも見えるが適当になでつけているだけのようだ。

胸は大きく膨らみ、下半身はがっちりとむっちりとしている。

簡易な黒革の装備で露出が多く、胸の谷間や臀部《でんぶ》の一部が見えていた。

若くはないが、老けてもいない。巨人種の容姿は、ギリシア彫刻のように年齢が判別しづらかった。

「おお、頼むぞ、ハンターが随分と減ってしまっての」

イライダに愛想笑いを浮かべながら、支部長は手を小さく振って蔵人を追い出す。

「ああ、支部長」

「ん、なんだね？」

「そっちの新人、アタシが面倒みるよ」

突然、見ず知らずのイライダが蔵人の先導役を買ってでた。

「しかしな、君は三つ星《セルロビ》になるためにまだいくつか国を回らねばならんだろ。そんな無駄なことをさせるわけにはなぁ。優秀なハンターは国の、いや、世界の宝だ。才あるものはそれを伸ばしてもらわんとな」

「新人の先導くらいわけないさ、任せなよ。はい、決まり決まり」

パンパンと手を叩《たた》いて、勝手に場を締めたイライダは部屋を出ていく。

「ほら、行くよ」

そう言われて、とりあえず蔵人はそれについていった。

ドアを閉める際、支部長の忌々《いまいま》しげな顔がちらりと見えた。

ざまぁである。

蔵人は清々《すがすが》しい気持ちで支部長室をあとにした。

イライダは協会の入り口近くにあるバーカウンターにどっかと座りながら、改めて名乗った。

「さっき聞いてたと思うが、アタシはイライダ・バーギン、四つ星《ガボドラッツェ》、見てのとおり巨人種さ。狩りの時にまどろっこしいのは面倒だ、イライダでいい」

「クランド、仮の十つ星《ルテレラ》、人種だ。好きなように呼んでくれ」

バーテンダーから酒の入ったジョッキを受け取ったイライダはそれを一口に呷《あお》った。

イライダの体躯《たいく》のせいか、そのジョッキは妙に小さく見えた。

イライダはそのジョッキに再び酒を要求し、バーテンダーに注がせる。

そしてそれを無言で蔵人に差し出した。

蔵人はやれやれといった様子でそれを受け取る。

木のジョッキはつるりとして手触りがよく、サイズとしてはやはり普通のジョッキである。

蔵人はちらりとイライダを見てから、それをイライダのように一気に呷る。

かぁっ、と喉が焼けるように熱い。

ウォッカのようなものだが、ほんのわずかにツンとした癖がある。

「強引な酒はこれっきりにしてくれ。マズイ酒は飲みたくない」

イライダは笑った。

笑うと猛獣のように獰猛《どうもう》に見えるのだからおそろしいものだ。

「うまい酒なら付き合うってんだな」

酒の味のことではないとわかって言っているようだった。

意味ありげに笑みを深めるイライダ。

「まあ、ほどほどならな」

特に酒が強いわけではない。
強いか弱いかなどどうでもいいのだ。
高い酒か安い酒かなどどうでもでいいのだ。

うまいか、マズイかだ。

第25話　ポタペンコ男爵参上

強い酒をジョッキ一杯奢《おご》る。

先導者が一番初めに新人ハンターにする一種の慣《なら》わしである。

随分と廃れてしまったが、今でも先導者が最初にナイフを贈るという形で残っているという。


イライダは一気に蒸留酒《ヴォギラ》を呷《あお》った蔵人《くらんど》を興味深げに見ていた。

この辺りの農民が飲む土地の酒で、非常に強い。

確かにドワーフ連中なら苦もなく呑《の》む。同族である巨人たちも呑む。エルフどもは呑まないだろうが、獣人種《じゅうじんしゅ》と人種《ひとしゅ》はまあさまざまだ。

さまざまだが、一気に呑んで、また別の形なら呑んでやるといった新人は初めてだ。新人ハンターなら目上に遠慮して呑むかもしれないが、それだけだ。

それでいて、傲慢《ごうまん》な鼻持ちならない奴というようには見えない。

何者か。先導者がいないとなると、村のものではないし、縁故のものがいるわけでもない。

そもそも村人とは顔つきが違いすぎる。

流民か難民か。

いや、そんな悲壮感はない。

そもそもいくつだ。

年齢が読みづらい。

二十は超えてるだろうが、細かくはわからない。

三剣角鹿《アロメリ》の角とか、よくわからん丸盾とか、そのくせ防具はろくにつけてないとか、巨人種《きょじんしゅ》でもあるまいし、いったいいつの時代のハンターだ？

その丸盾も、ちらと聞こえていたが氷戦士型の怪物《モンスター》が出たとか。

本当ならば調査に行かなければならないのだが、どうにもこの新人は支部長に睨《にら》まれているようで、信用してもらえていない。

そんな新人ハンターの面倒を見れば、確実に厄介事があるんだろうが、先導は先達《せんだつ》のハンターの務めだ。

連綿と受け継いできたハンターとしての義務ともいえる。誰でも鼻たれの頃は先導役に教えられるのだ。

まあ、コイツはただの鼻たれではなさそうだが……。

イライダは一旦《いったん》値踏みを終わらせる。

「で、今日は依頼受けるのかい？」

太陽はまだ真上にはほど遠い。

「今日は無理だ、明日にしてくれ。さすがにすきっぱらにこの酒は効く」

蔵人の顔色は若干、悪い。

「なんだい、情けないね。……とは言うものの人種にはキツイだろうね」

なら呑ますなよ、と蔵人が言うとイライダはアハハハと豪快に笑うだけだ。

「まあなら先に説明しとこうか。基本的に受注から仕事の仕方まで、何も口は出さない。あくまでもアンタの狩りのお守りさ。ランク外の依頼も、個人受注と塩漬け依頼以外は受けられないしね」

国によって協会の規則は違うようだ。

「塩漬け依頼はランクが二つ下までと決まったらしい」

「そりゃ、暗黙のルールじゃないか」

「いや、協会規則に明記されたみたいだ。先日な。それで俺の受けた依頼も無効になった」

「協会規則になったのはまあ、国ごとに若干違うんだ。そういうこともあるだろうが、無効なんて聞いたことないねぇ」

イライダは腕を組んで、少し思案顔である。

腕を組むと胸の谷間がよりいっそう深くなる。

「まあ、終わっちまったことはしょうがない。それよりも」

イライダはジロリと蔵人の上から下までを見る。

「荷物はそれで全部かい？」

「あ、ああ」

「これからハンターやってくのにその格好じゃあね。それとも金がないのかい？」

「そのことか。村で買うか、作ってもらうつもりだ」

「持ち込みかい？」

「ああ、これを――」

蔵人が背中の荷物を下ろそうとしたとき。


ババーンとスイングドアが勢いよく開かれた。

そして勢いよく跳ね返るスイングドア。

ポーンと弾《はじ》かれる何か。

協会のロビーは静かな沈黙に包まれた。


今度こそゆっくりと開かれるスイングドア。

そこにいたのは。

「え、オーク？」

誰が言ったかはわからないが、確かにオークであった。

いや豚系獣人種である。

否、人種である。

オーク似の人種の目がキラリと光る。

「トラモラ草採取の依頼を受けてくれた者がいると連絡を受け、参ったっ！」

なかなかのイイ声、バリトンボイスである。

「これはこれはポタペンコ男爵、このようなところまでわざわざおいでいただきまして――」

鉄面皮の職員である。鉄面皮だが、妙にモミ手が板についていた。

男爵とは敬称である。この国では貴族制が廃されはしたが、旧貴族の当主には敬称をつけるのが慣わしになっていた。

「しかしその連絡はこちらの新人のミスでして。誠に申し訳ありませんでした」

鉄面皮がペコペコと頭を下げる。

ポタペンコ男爵と呼ばれた男は思案顔になった。

周囲からは、

「おい、豚男爵だぜ」

「あの道楽貴族の、か」

「食いもんで身代食いつぶしたって話だぜ」

「トラモラ草って、今どきなぁ。そんなもんよりスパイスのほうがよっぽど上等だぜ」

というようなかすかな小声が聞こえてきた。

貴族制が廃れて久しいとはいえ、いまだ旧貴族に面と向かって罵倒するものはいなかった。

「ふむ、しかしね、トラモラ草の匂いがするのはどういうわけだね？」

鼻をヒクヒクとさせるポタペンコ男爵。

お前は豚かっ、とロビーにいる全員の心中が一致したのではないだろうか。

ポタペンコ男爵はあれこれ言う職員を無視し、鼻をより一層ヒクヒクさせる。

そして、そっぽを向いていた蔵人を見て、大股《おおまた》でズカ、ズカ、ズカ、と迫った。

隣にいる巨人種とはいえ美女といっても過言ではないイライダに見向きもしない。

イライダが支部長室からロビーに戻ってきたときからずっと好色な視線が注がれているというのに、ポタペンコ男爵は一瞥《いちべつ》もしないで蔵人に迫った。

「貴殿はトラモラ草をお持ちかな？　お持ちだね。協会の事情はわからないが、ぜひ譲ってくれないか」

だが、存外に腰が低い。

低いが、のしかかるようなポタペンコ男爵に蔵人は気圧《けお》され、バーカウンターにのけ反った姿勢になる。

「ま、待ってくれ。あの塩漬け依頼の依頼人なのか？」

「そうだとも。この日を一年も待ったのだ」

蔵人はイライダに顔を向ける。

「……こういう場合はいいのか？」

「まあ、個人受注という形になるが、問題はない。トラモラ草をお前が持っているなら、だが」

蔵人は今にも、さあ、さあ、さあ、と迫るポタペンコ男爵を見る。

キラキラした目、ぷっくりとした顔、ボヨヨンとした身体つきはまさしく品のいい豚のようであったが、どこか愛嬌《あいきょう》があり、憎めない。

「わ、わかったから、落ち着いてくれ」

蔵人がそう言うとポタペンコ男爵は鼻からフンスと息を吐いて、より興奮気味に、しかし待てと言われた犬のようにピタリとその場で止まった。

蔵人は食料リュックからトラモラ草のかたまりを三つ取り出す。

「これ――」

パクリ。

どこかの誰かと同じような食いつき方で、ポタペンコ男爵は蔵人の持ったひとかたまり分を一口にしてしまった。

「おいっ」

もしゃもしゃ、モシャシャ。

至高の頂を目指す哲学者のように、真剣な面持ちで味わうポタペンコ男爵。

何度も、何度も咀嚼《そしゃく》する。

そして、惜しむように呑み込むと――涙をこぼした。

「これこそ、これこそが遥《はる》か幼少の折、祖父にわずか一片頂いた、思い出の味。まさしくトラモラ草であるっ！」

馬鹿馬鹿しい貴族の道楽であったが、自然とポタペンコ男爵の一挙手一投足に視線が集まっていた。

「ありがとう、ありがとう」

「あ、ああ。ところで、報酬のことなんだが」

お礼を言うためにさらに迫ってきたポタペンコ男爵に蔵人がそう言うと、ポタペンコ男爵はピタリと止まる。

目に見えて顔を青くしている。

「そ、それはだな、先月の食料品の支払いで、その、なんだ、手元不如意というか、な」

ジトッとした蔵人の目に晒《さら》されてポタペンコ男爵はその太い身体を小さくする。

「……な、なんでもしよう。望むことがあらば言うがよい」

そして絞り出した言葉がこれであった。

蔵人は呆《あき》れかえるしかない。横のイライダなどは腹を抱えて笑っていた。

「なんでもっていったってなぁ、金は無理なんだろ。そうすると、貴族ったってなぁ……貴族？」

「おほん。これでもポタペンコ男爵家当主である」

空威張りである。男爵というだけでは今の貴族に力はほとんどない。議員だったり、魔法具を卸していたり、そういう付加価値がなければ男爵というのはただの敬称でしかない。

食料品の支払いで手元不如意になるあたり、貧乏貴族なのだろう。

蔵人はポタペンコ男爵の耳元で囁《ささや》く。

ポタペンコ男爵は驚き、目を丸くする。

蔵人は怒るかな、と考えていた。それでダメならもう無担保無保証の借金でいいやとも考えていた。正直、トラモラ草なら探せばあるのだ。

「その手があったか。しかし、いやでも、なるほど」

ポタペンコ男爵は俯《うつむ》いて何やら呟《つぶや》いていたが、しばらくすると蔵人を見た。

「……ハンターにとって、それほど役に立つものでもないぞ？」

「なんでもいいんだ。興味本位ってやつかな」

「ふむ、しかしな。いくら貧乏男爵家とはいえ、家宝でもあるのだ……」

そう言ってチラ、チラとバーカウンターにのった残りのトラモラ草を見る。

「これしかないが、それでもいいのか？」

「なっ、いや、しかしな、それでもな。いや、よし。――今後、何かうまいものがあればそれを私にもってくる、というのではどうだな？　貴殿もハンターだ、できないこともあるまい？」

「……それでいいならいいが」

「――よしよし、それならばよい。では」

そう言ってキョロキョロすると、猛然と協会のカウンターに行き、しばらくするとまた猛然と戻ってきて、今度は蔵人の耳元に何事かを囁いた。

そして蔵人の手に紙を握らした。

「一応、家宝である。余所《よそ》にもらさんでくれよ」

蔵人は頷《うなず》いて、残りのトラモラ草を手渡した。

「うむ、確かに。私の家はここから、タンスクのあるほうにしばらく行ったところにある。よしなにな」

タンスクとはドルガン議会のある、ドルガンの中心都市である。

受け取ったトラモラ草を割れモノでも扱うかのように自らの布袋に入れると、ポタペンコ男爵は来たときとは違った優雅な貴族らしい仕草で帰っていった。

背中はやはりオークにそっくりではあったが。

ポタペンコ男爵が台風のように現れ、去っていったあと、妙な静けさだけが残っていた。

ちらとロビーにいる鉄面皮の職員を見ると、どことなく苦虫を噛《か》み潰《つぶ》したような顔をしているように見えた。

蔵人はふと思いつき、鼻で笑ってやる。

すると職員は、くるりと踵《きびす》を返し、協会の受付にもどってしまった。

しかし、歩く風情にはどことなく苛立《いらだ》ちが紛れていた。

おそらくは蔵人の持つトラモラ草を狸《たぬき》の皮算用していたのだろうが、蔵人が協会に売らず直接取引してしまったものだから当てが外れたのだろう。

そんな人知れず行われた蔵人と職員のやり取りの直後、笑い疲れて腹を押さえていたイライダが蔵人に話しかけた。

「まさか本当にトラモラ草を持ってるとはね。で、何をぶんどったんだい？　あんななりでも青い血の持ち主だ、よもや手玉にとったわけでもないだろ」

蔵人はふっと笑って、イライダの耳元に口を近づけた。

――ポタペンコ男爵家に伝わる自律魔法を一つばかり。

そう小さく囁いた。

イライダはポカンとした表情をする。そして愉快そうに笑いだした。

「くくっ、よ、よかったのかい？」

蔵人は頷く。

損をしたか、得をしたか、まったくわからないが後悔はまるでなかった。

イライダが言いたいことも、もちろんわかっている。

ポタペンコ男爵が蔵人に渡した自律魔法が本物である保障はない。その場で試したわけでもないのだから。

だが、と蔵人は思う。

蔵人がうまいものを携えてポタペンコ男爵のもとに行く保証もない、と。

別にトラモラ草をタダ同然で渡したとしても損はないのだ。採取など苦にもならない。

蔵人とポタペンコ男爵、お互いに保証のない約束をしたわけである。

ポタペンコ男爵は人生を賭けた食い道楽のために、自身にとって何の必要もないと思われる家伝の自律魔法を蔵人に渡し、トラモラ草を得た。自律魔法とて失ったわけではない。

蔵人は蔵人ならばいつでも手に入る街中のパンのようなトラモラ草を渡して、期限のある魔法具ではない、自律魔法の原典《オリジン》を得ることができた。

自律魔法は基礎理論以外いまだに貴族が秘匿して公開しない。それぐらい自律魔法の使用方法を記した原典《オリジン》は希少で、それを一般人が手にするという機会は滅多にない。賭ける価値はあった。

なぜポタペンコ男爵は、見も知らぬハンターである蔵人相手に原典《オリジン》を教えたのか、蔵人にはわからない。

ただの食い道楽なのかもしれないし、魔法式が偽物で陰で笑っているような奴なのかもしれない。

蔵人には後者のようには見えなかったが。

だが自分は、腹芸ができるほど頭は回らない。

それなら最悪騙《だま》されてもいい、くらいの取引をする。

気分の悪い思いをして協会にトラモラ草を買い取ってもらうことを考えれば、よっぽどポタペンコ男爵との取引のほうが気持ちがよかった。

「で、結局、防具はどうするんだい？」

イライダが話をかえる。

蔵人が得た魔法式が本物かどうか、それはイライダが関与するものではない。

何があろうとすべて蔵人が享受するべきものだ。

ああ、そうだったと蔵人は荷物を漁《あさ》りだした。

第26話　イライダとザウル

その皮を見たとたん、イライダは顔色を変える。

ゴツゴツとしてはいるが、存外細長い指が荷物から皮を取り出そうとした蔵人《くらんど》の手を握って止めた。

「そんな皮、どこで手に入れたんだ」

腕を握ったまま、イライダは真剣な顔で言う。

「出所は言えない」

蔵人はイライダから目をそらさずに言う。やましいところはない、と。

イライダはハァとひとつため息をついて、腕を離す。

「別に盗んだとは思っちゃいないよ。ただ、そんな皮を仮の十つ星《ルテレラ》が持ち込むっていうのがまずい。見たところ、あんまり歓迎されていないようだし、最悪、出所を疑われて、盗品扱いされるよ」

蔵人が皮袋から取り出そうとしたのは、親魔獣が残してくれた巻角大蜥蜴《バロバシシリ》の皮である。

大怪我のあと、アカリが提案し、雪白《ゆきしろ》が了承し、蔵人に与えられたものだ。

完全に雪白の下に蔵人がいるような位置関係になっているが気にしてはいない。そんなものである。

もちろん蔵人は剥《は》ぐことなどできないので、巻角大蜥蜴《バロバシシリ》を解凍するだけして、アカリが剥いだ。

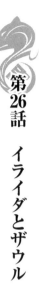

その時にいろいろ剥ぎ方や解体の仕方を習ったりもしたが、なかなかにグロく、慣れるまでは時間がかかりそうである。

解体の後、当然のように雪白提案の焼き肉パーティになったのはいうまでもない。

巻角大蜥蜴《バロバシシリ》は少し羊肉のような癖があったが鶏肉のように淡白で美味であった。

「それに、そもそもこの辺には生息してないからね。目立ったらありゃしない」

「そうなのか」

「ここからアレルドゥリア山脈沿いに、ずっと西へ行った砂漠にね」

「へぇ、砂漠があるのか」

蔵人のロマンが、再び掻《か》き立てられる。

砂嵐、オアシス、ラクダ、密《ひそ》かに生きる遊牧民、踊り子……。

「今のところのエリプス最北の砂漠といわれてる冷たい砂漠らしいが、アタシは行ったことないねえ。次はそっちに行ってみるのもいいかもし――」

冷たい砂漠という言葉にロマンが音を立てて崩れ落ちた。

「そ、そんな傷ついたような顔することかい、わかんない奴だね。……とはいえ、なめしもしてない皮を放置しておくのはもったいないねえ」

「なら、凍らせておく」

「ああ、ダメダメ。剥いだあとに冷凍したら、すぐ劣化しちまうよ。そうだ、アンタがよければだけど、アタシが預かって大きな街でなめして鎧《よろい》にしてやろうか？」

皮をダメにしてしまうのももったいない。

それならば、あとは単純にイライダが信用できるかどうかの問題だ。

まだ依頼は受けてないが、先導者を買ってでてくれた恩はあった。

「どのみち明日は依頼なんだ、ついてきてくれるんだろ？　ならその後でいいじゃないか」

イライダは意味深に笑う。

「ふふ、アンタがそれでいいならアタシはかまわないよ。どうせ、タンスクまわりの依頼ついでに行くつもりだったしね。じゃあ、まずは当面の防具を買うかい？」

そうだな、と蔵人が言って、二人は立ち上がる。

ふらっと蔵人の足がもつれて、倒れ込んだ。

ぽふ。

蔵人は顔からしっかりとはまっていた。

イライダの深い谷間のある胸元に。

「ああ、わるい。酔いが回ってるな」

そう言って、身体を離す。

無造作に身体を離されたイライダは少し拍子抜けする。

ちらちらと自分の胸や尻を見ているのだから何がしかの反応はするとイライダは思っていた。

赤くでもなったらからかってやろうとイライダは考えていたのだが、完全に当てが外れた。

「弱いんならあんな飲み方しないことだね」

「それほど弱いわけでもないんだが、このありさまじゃなにもいえないな」

「ほらほら、行くよ」

蔵人とイライダはそう言って協会を後にした。

その後、防具屋ではありきたりな革鎧を買って、その日は宿に帰った。

イライダとは同じ宿だったが、この村のまともな宿はこの一軒なのだから当然のことだった。

白幻《はくげん》討伐の時期などは民家がそれぞれ宿の代わりをするらしい。


朝日が協会前の一本道に差し込んだ頃、協会のロビーに蔵人とイライダはいた。

蔵人はいつもの格好に茶色い簡素な革鎧を着て、ようやくハンターらしい格好になっていた。

イライダはチリチリしたライオンのような髪を後ろで一つに括《くく》っていた。コルセット型の赤黒い革鎧を着こみ、背中には大弓と矢筒、二本の槍《やり》を背負い、腰には大振りの手斧《ちょうな》が差し込まれている。

胸は大きく谷間を作り、肩から腕にかけては肌は露出していた。

早朝の協会は、依頼を求めるハンターたちで賑《にぎ》わっていた。

蔵人が協会の奥から出てくるザウルを見かける。

蔵人の視線をたどったイライダは、しかし別のことを口にした。

「あれは……中央政府の調査官か？　ふむ、そうするとあの話か」

ザウルの後ろから出てきた、黒染めのロープの男たちの胸元にはアカリの白鎧にあった紋章とは意匠の違う槍を咥《くわ》えた赤と白の双頭馬が刺繍《ししゅう》されていた。

「あの話って？」

「ん、ああ、連合王国の勇者が白幻討伐で功を焦り、手柄を独り占めするために地元のハンターを陥れた。その勇者自身も罠《わな》に使った大棘地蜘蛛《アトラバシク》に襲われて行方がわからず、生死不明だとな。なんだ、少し前にあれだけ話題になったのに知らないのか」

随分と綺麗《きれい》なストーリーになったようだ。蔵人がマクシームから聞いたときは、もう少し漠然としていた。

「普段は山に住んでるからな。そういう噂《うわさ》には疎いんだ」

「……山って、アンタ」

「話のしっかりした噂の割に、今頃になって調査官が出張ってくるんだな」

「あれは最近できた中央政府の広域調査官さ。ドルガン議会の調査官じゃないから、多少は遅くなる。まあ、それにしても随分と遅い気もするが。……この話に関する黒い噂もあながちバカにしたもんじゃないかもな」

「黒い噂？」

「アンタも普段から情報拾うようにしときな。ハンターには必要なことさ。まあ、黒い噂っていっても漠然としてるんだが、中央政府とドルガン議会に嵌《は》められたのは勇者じゃないかってな」

「なるほどな」

それだけ言って、二人は当初の予定どおり、掲示板に向かった。

「――ないな」

「見事にないねえ。十つ星《ルテレラ》の依頼が、草玉狩り《トラボック》しかないとかどうなってる？」

二人はそのまま空いている受付に行く。

そこにいたのは、またしても鉄面皮の職員である。この職員のところがいつも空いてるのは、ハンターに避けられてのことではないかと蔵人は邪推する。

「そのことですか。イライダさんは昨日来たばかりでわからないのも当然ですが、この村は辺境で、草玉狩り《トラボック》以外、十つ星《ルテレラ》に該当する依頼がほとんどないのです」

そんなことがあるものか。

イライダはサレハドクラスの辺境をいくつか、それ以上の辺境も知っていたが、新人の依頼がないということはなかった。もし本当に外部からの依頼がなかったら協会が依頼を作るものだ。そうでなければ現物と交換の事後受注で稼がねばならず、新人ハンターがランクに合わない無理な狩りを強いられてしまうだろう。

イライダが無表情になって職員に問う。

「それならこの村に住んでる新人はどうするんだい？」

「知り合いや縁者のパーティに混じって星を上げていきます」

「つまり、クランド一人なら受けられる依頼はないと？」

「そうなりますね。どうしてもパーティを組む相手がいないなら、余所《よそ》へ行くことをオススメします。ここは確かに辺境ですが、辺境ゆえに実力が欠かせません。協調性のない足手まといは他のハンターを害してしまいますから」

酷薄な鉄面皮はやはり健在である。

蔵人としては余所に行ってもまるで構わないのだが、そうなると山を空ける期間が長くなり、雪白が尻尾を乱舞させ、マルカジリにしてくるのはわかりきっていた。

イライダは少し思案した後に何気なく言う
「わかった。そういうことならアタシがクランドとパーティを組もう」

「い、イライダさんがですか？」

「アタシではダメか？　まあ、星が上がるまでのことだがな」

「そ、そういうことは」

「協会規則に違反するのかい？」

「……いえ、問題ありま——」

「『蜂撃《ほうげき》』ことイライダ・バーギンとお見受けする。少しよろしいかな？」

妙に格式ばった物言いで職員を遮ったのは、ザウルだ。

イライダの返答も待たずにザウルは馴《な》れ馴《な》れしく言葉を崩し、自己紹介を始める。

「おれはザウル・ドミトール・ブラゴイ、四つ星《ガボドラッヅェ》、この辺りの筆頭パーティである『巨狼《ギガーヴォ》』のリーダーをしている」

イライダはわずかに顔をしかめた。

「その仇名《あだな》はあまり好きじゃないんだが。で、なんの用だ」

「いやなに、三つ星《セルロビ》になるための『巡国の義務』中だと聞いてな。早く終えるにはでかい依頼をこなすのが一番だ。一つ、おれたちと大棘地蜘蛛《アトラバシク》を狩りにいかないか？」

「アタシの記憶に間違いがなければ、それは三つ星《セルロビ》の依頼だったはずだが？」

「なに、塩漬け依頼扱いにしちまえばいいのさ。この協会には融通が利く」

ザウルはちらりと蔵人を見て、薄く笑う。

塩漬け依頼受注の明確化はおそらくザウルの差し金なのだと蔵人は気づいた。正確にいえばドルガン議会議員である親に頼んで圧力をかけたということだろう。

イライダは興味もなさそうに言う。

「他を当たれ。今は先導者をやってる最中だ」

「おいおい、その流民の先導者を引き受けたのか。時間の無駄だぜ」

「流民だろうが難民だろうが協会のハンターになったからには、先達《せんだつ》の務めを果たすのはハンターとして当然のことじゃないか。アンタは先導者に面倒見てもらわなかったのかい？」

「はんっ、この国の人間でもねえ奴に誰がそんなことするか。こいつらだって生活があるんだぜ」

ザウルはそう言って後ろの仲間たちに視線をやった。

ザウルの背後にいたハンターたちは一様に目を伏せながらも、ザウルの言葉を否定しない。

自分たちの狩れない魔獣や怪物《モンスター》を狩猟するイライダのような高ランクハンターは歓迎の対象となるが、それが自分たちと獲物が競合するようなランクのハンターの場合、彼らの生活を脅かす存在となりうるため、歓迎はされない。

協会も当然、地元のハンターに肩入れをする。どんな時でも常にいて、いざ事があったときに融通が利くのは地元のハンターだからだ。

「そうか。なら、アタシもよそ者さ、問題ないだろう」

「あんたは別さ。三つ星間近《セルロビ》の『蜂撃《ほうげき》』がサレハドに来たとあっては、一度は酒を酌み交わしたいと思うのが当然ってもんだ」

イライダ・バーギンは立ち寄った街や村で多くのハンターの先導者を務め、地元のハンターたちと酒を酌み交わし、時には助言や狩りの手伝いまでするなど面倒見がよかった。

そして、いざ狩りとなると先陣を切ってその豪槍《ごうそう》を振り回し、その一突きは人食い鳥を落とすという。それでいて統率、指揮には一切の乱れはない。

集団での狩りを得意とし、殺人蜂のような一撃をもつ、そんなところから『蜂撃《ほうげき》』といわれていた。

その『蜂撃《ほうげき》』がいるのだからと、とザウルは言っているのだ。

「先導者の務めを怠っては先達に、ご先祖に申し訳が立たない。他を当たるんだね」

巨人種《きょじんしゅ》の先祖への崇拝は有名である。

それを持ち出されては誰もイライダに文句をつけられなかった。

「チッ、勝手にしろ。『女王蜂』と流民でちょうどいいだろうさ。……どけっ」

そう言ってザウルはハンターを押しのけると、協会の二階に上がっていった。

それを慌てて追いかける他のハンターたち。

『女王蜂』とは、他のハンターをはべらして、悦に浸っているという意味で、もともとは男を差し置いて活躍するイライダを妬《ねた》んだハンターが言い出した陰口であった。

イライダは何事もなかったかのように職員に向き直る。

「じゃあ、登録してくれ」

＊＊＊

気に入らない。

ザウルは二階の支部長室のソファーに乱暴に腰を下ろす。

別にあんな男はどうでもよかったが、マクシームの推薦だというのがザウルには気に入らなかった。

勇者をかばうマクシームが気に入らないし、さも善人面で真相を究明しようとしているのも気に入らない。ローラナ人だというだけで、何よりも気に入らない。

先刻も中央政府の調査官に不審人物としてあの男のことを告げてやったが、推薦人である後見がマクシームだとわかると、あっさりと問題なしで片付けた。

まあ、勇者の醜聞のほうは中央政府の意を汲《く》んでいるようで、簡単な取り調べだけして帰っていったが。

こっちにとっては都合はいいが、バカな連中である。

そうなると、当面の問題はあの男である。

取るに足らぬハエだが、それゆえに鬱陶《うっとう》しく、目障りだ。

獲物を素直に譲らない上に、四つ星《ガボドラッヅェ》の塩漬け依頼を当てつけのように受けたり、イライダ・バーギンにうまく取り入ったりと、卑しい根性を隠そうともしない。

くそ忌々《いまいま》しい。

ザウルは何度目かの舌打ちをした。

「ご機嫌が悪そうですな、ザウル様。ふむ、ではこのような依頼はどうですかな？」

黙ってザウルを見ていた支部長がニヤリと笑った。

第27話　強制依頼

イライダがパーティ申請をして、しばらくではすまないくらい受付で待たされていると、協会の奥から腕を後ろ手に組んだ支部長が受付に現れた。

「これから三つ星《セルロビ》になるであろうイライダ・バーギンに先導者をやらせ、その上パーティまで組ませて面倒をかけるわけにはいかん。パーティ登録は許可できない」

イライダは眉をぴくりと持ち上げる。

「協会にそんな権限はなかったと思うけど、どういうわけだい？」

「ああ、誤解しないでくれよ。そっちの新人にはこちらで依頼を用意した。それならばパーティを組む必要もあるまい？」

「協会で用意するんだね？」

「特別待遇はしない。あくまで規則は規則だ。ゆえにだ、八つ星《コンバジラ》、九つ星《シブロシカ》の塩漬け依頼をやってもらう。いくつかこなしたなら、その新人を信用し、仮登録から本登録にするのを考えてやってもよい」

イライダは盛大に眉をしかめた。

協会としては蔵人《くらんど》が依頼をこなせず、それが二つ三つと続くと、やる気が見られないとして仮登録を抹消することができる。

まともな依頼をめぐって地元のハンターと競合することがない上に、うまくいけば支部の評価を下げることしかない塩漬け依頼を掃除できるのだから、協会にとって損はなかった。

「まずはこちらから依頼を指定しよう。強制依頼だと思ってくれてかまわんよ」

こちらの返答を待たずに、とんでもない爆弾を落としてくる支部長。

魔獣の暴走《スタンピード》や怪物の襲撃《エクスプロード》など、ハンター協会のある共同体が危機に見舞われたとき、ハンター協会は現地にいる協会所属のハンターを強制的に招集することができる。その招集を理由なく断った場合、ペナルティが与えられ、最悪除名処分となった。

「魔獣の暴走《スタンピード》や怪物の襲撃《エクスプロード》の兆候でもあるのかい？　アタシは一切そんなこと耳にしちゃいないが？」

支部長は一枚の依頼書を受付のカウンターにすべらせた。

訝《いぶか》しみながらもその依頼書を読むイライダ。

そしてどんどんと目が険しくなっていった。

「これのどこが魔獣の暴走《スタンピード》だって言うんだいっ」

依頼書を指で弾《はじ》いてつっ返すイライダ。

「どこからどう読んでも強制依頼に値する魔獣の暴走《スタンピード》だが？」

「それを魔獣の暴走《スタンピード》として扱うなんて聞いたこともない。そもそも招集対象がクランドひとりってのもおかしいだろう」

いい加減苛立《いらだ》ってきたのか、額や喉元に青筋をたてるイライダ。

蔵人が後ろから覗《のぞ》いた依頼書にはこう書かれていた。

九つ星《シブロシカ》推奨依頼↓蒼月《そうげつ》の一日より以後規定に基づいた自由依頼とする。
場所・村外れの大樹
討伐対象・『霧群椋鳥《トゥコルスカ》』
討伐証明部位・『嘴《くちばし》』
期限・特に指定はないが、受注から一週間以内とする。要相談。
留意事項・討伐対象は一匹残らず討伐すること。大樹に一切の傷を与えないこと。
報酬・一匹討伐につき一ロド、ただし一匹残らず討伐した場合のみ報酬を支払うこととする。

「イライダ・バーギンともあろう者が。依頼書をよく読みたまえ。霧群椋鳥《トゥコルスカ》という『魔獣』が、街中で『群れ』をなして、水場を『襲っている』のだから魔獣の暴走《スタンピード》ではないか」

「こじつけだろうに、それは」

「それとも何かね？　この魔獣に村人は困っていないとでも君は言うのかね」

イライダがむぅと眉間にしわを寄せた。

答えないイライダの後ろから蔵人が問いかける。

「俺はこの鳥を知らないから聞きたいんだが、この鳥が群れてそこにいることで、どんな被害を与えているんだ？」

急に話に割り込んだ蔵人を不快な目で見ながらも支部長は答えた。

「……村はずれにある大樹に群棲《ぐんせい》し、その周囲の住民が騒音、糞害《ふんがい》に悩まされている」

「村長はなにをしてる」

「村長に何ができる。できないからここに依頼が来たんだ」

「ふーん、じゃあ、討伐対象の鳥とそうじゃないのをどう判別したらいいんだ？」

支部長は何を言ってるんだこいつはという顔をする。

察しの悪い支部長に蔵人は噛《か》み砕いて質問する。

「だからな、仮に大樹にいるすべての鳥を一度に精霊魔法かなにかで残らず殲滅《せんめつ》したとして、後になってどこからともなく飛んできた鳥がまた棲《す》みつくなんてこともあるだろ。それが実は群れの一匹だったなんて言い張られちゃ困るわけだ。一匹一匹の鳥の区別なんてつかないからな。だからどう判別するんだと聞いてるんだ」

支部長は少しは考える頭があるようだなとでも言いそうな尊大な目で蔵人を見る。

「まず村内では第三級魔法しか行使することはできん。まあ、仮の十つ星《ルテレラ》はそもそも第三級魔法の行使しか認められておらんがな。

無知な貴様は知らんだろうが、霧群椋鳥《トゥコルスカ》は日が暮れると常に群れで休息を取り、そこが一つの群れの縄張りとされておる。つまり、休息地点である村はずれの大樹で休息する霧群椋鳥《トゥコルスカ》をすべて殲滅すれば、それが群れのすべてを殲滅したと考えてよい。

必ず一度に殲滅しろ。一匹だけ殺すような半端な真似をすれば群れは倍化する。

殲滅できずにたった一匹でも逃せば、さらなる大きな群れを作り、再び村はずれの大樹に住みつくだろう。そもそも村長がたかが小鳥とみくびって金をしぶり、自分たちで処理しようと適当に殺した結果がこのありさまなのだ、これ以上増やすわけにはいかん」

第三級魔法とは主に生活で使用する規模の魔法である。

『殺傷を目的としない魔法』という括《くく》りが規定されてはいるが、現代日本にいた蔵人としてはその曖昧さに苦笑せざるを得ない。

とはいえ、日本でも包丁の所持や自動車の所有など殺傷能力を持つ物の保持が比較的容易であることを考えるとそんなものかともいえる。

「目の細かい網なんかは協会から貸してもらえるのか?」

「フハハハハハッ、本当にできると思っているのか? そうだな網くらいいくらでも貸してやろう――ただし、失敗すればそれで終わりだ。貴様に村での居場所などなくなるだろうな」

「そうか」

「おいっ、クランドっ」

イライダが焦った顔で蔵人を見た。

「アタシでもその条件は難しい。しかもアンタに協力するハンターなどこの村にはいないんだ、よく考えろ」

蔵人はシレっとした顔で、

「イライダは手伝ってくれるんだろ?」

そうのたまった。イライダはますます顔を赤く染める。もちろん怒気で。

「先導者は補助しかできない。それにさっきも言ったが、アタシでもこの依頼は難しい、当てにされてもどうしようもないんだ」

「方法は考えてる。孤立無援よりはいいと思っただけだ。それにイライダも気になってるんだろう、この依頼」

イライダはますます何か言いたげに口を開くが、その口から勢いのまま言葉はでなかった。

そしてため息をつくように言葉をこぼした。

「協力者を募ってな。一人でどうにかしようなんて考えちゃいない」

「まあ、どのみちこれは俺に対する強制依頼なんだからどうにもなんないだろ」

そう言われるとイライダは沈黙するしかなかった。

イライダとパーティを組む前に発生した強制依頼である。

これから蔵人とイライダがパーティを組んだとしても強制依頼は撤回されない上に、失敗すればイライダの失点になりかねない。

もしかするとパーティを組めばイライダのランクの持つ影響力を考えて支部長は依頼を撤回するかもしれないが、そうするとイライダはごり押ししたと誹《そし》りをうける。

この村で『女王蜂』の名が知れ渡り、今後の依頼がやりづらくなるだろう。

イライダはもちろんそんなことを気にしてはいない。ただ、村人が困っているというのが気になるだけだ。

そして協会の規則に沿っている以上は口の出しようがなかった。それが非常識な規則の運用だとしても。

「じゃあ、よろしく」

そう言って蔵人は鉄面皮の職員を見た。

蔵人としてはここでハンターになることにこだわる必要は今のところない。

ないが、万が一にもマクシームが帰ってこられなかったときのことを考えると、多少なりとも我慢しなくてはなるまい。

日本で期限のある契約社員をやっていた頃に比べたらそれほど難しいことでもない。

少なくとも食うには困らないし、いざとなればいつでもどこかに逃げだすこともできるのだから。

職員は慣れた手つきで依頼書を処理し、蔵人にサインを求め、受注書の写しを蔵人に渡した。

蔵人はその受注書の写しに目を通す。

「これ、強制依頼なのか普通の依頼なのか区別がつかないんだが」

職員は支部長を見る。

「そんなものどうする。必要あるまい」

「必要かどうかじゃなくて、俺が請求してるんだ。ああついでに大きな網も貸してくれ」

支部長は面倒くさそうにして職員を見ると、頷《うなず》いた。

職員は協会の奥に足早に向かい、別の用紙をもってくると、蔵人にサインを求め、新しい受注書の写しを蔵人に渡した。

「網のほうは裏口に行ってください」

「ん、これならまあいいか」

そう言って蔵人は一度協会の外に出ると、裏口に向かい、一番大きな網を借りた。

蔵人は協会を出て、イライダと村はずれの大樹へ向かっていた。予想外に大きかった網はすぐに使うかもしれないからと言い含めて、協会に置かせてもらった。

イライダは協会を出てから腕を前で組み、眉はしかめっぱなしだ。腕を組むと褐色の胸がさらに盛り上がって強調されることになる。

「どうするつもりだ？」

「これから考える」

借りた網はかならず必要になるだろうなと考えただけだ。使わなければ返せばいい、蔵人はそう考えていた。

まだ考えていないと即答した蔵人に、さらに顔を険しくするイライダ。

「アンタ、方法はあるって」

「しょうがないだろ、どのみち強制依頼なんだ」

「……あんな強制依頼は聞いたことがない」

蔵人は肩を竦《すく》める。

「なに、できなかったら尻尾巻いて逃げればいいんだ」

「アンタは……」

イライダは険しくなっていた顔をゆるめ、呆《あき》れた顔になる。

「どうせ山に棲《す》んでるんだ。どうにでもなる」

「……立ち入ったことを聞くけど、家族はいないのかい？」

「一人……ああ、一人と一匹か」

蔵人は呟《つぶや》くように独り言を言って、イライダが何かを言う前に続けた。

「でも俺が失敗したら、イライダさんが人海戦術でなんとかしてやってほしい。本当に強制依頼が可能なら、村人総出にして、超法規的に第三級以上の魔法を解禁すればどうにでもなるだろうし。あの支部長もそのほうが村長から金をひっぱれるとでも考えてんじゃないかな」

遠くから見ているような、ひどく他人事のような蔵人の表情が、イライダには気になった。

「ハンターになりたいんじゃないのかい？」

「……ああ、そういう意味ではイライダに申し訳ないな。ハンター登録になんの障害もないなら、すんなりなったかもしれないが、ここまで面倒だと、な」

「ならなくてもいい、と。確かにここまでひどい支部はアタシも初めてさ」

「ちょっと理由があってある時期まではここにいなきゃならないんだ。ただな、最悪ここでハンターにならなくてもいいとは考えてる。先導者を買って出てくれたイライダにはほんと、申し訳ないが」

「他の街に行くつもりかい？　どこに住んでいるのかしらないが、ここは辺境だ。タンスクとの間には一つ、二つしか村がない上に協会もない。同じ連合王国のブルオルダもそれほど変わらない距離さ」

「そうか、そんな風になってたんだな。山から出たことなかったからな。今度、地図とか見せてくれないか？」

「地図くらいいつでも見せてやるけど、山ってアンタ……」

蔵人はマクシームとでっち上げた経歴を語る。

魔獣の暴走《スタンピード》で一族を失くして、マクシームに拾われた。

「魔獣の暴走《スタンピード》か……大変だったたな。それにしてもマクシーム・ダールが推薦していったのか。それならそれで最後まで面倒見やがれってんだ」

イライダは疑うことなく信じ、そして憤慨していた。

「知り合いか？」

イライダは苦虫を噛んだような顔をする。

「……アタシにも若い頃はあったというだけのことさ」

蔵人がフーンと鼻を鳴らしながら、面白そうな顔をしていた。

「何か言いたいことでもあんのかい？　んん？」

それを見たイライダがこめかみをピクピクさせてギロリと蔵人を睨《にら》んでいた。

そうこうしているうちに村はずれの大樹が見えてくる。

すでにギーギー、ギーギーと不快な鳴き声がしていた。

村の土壁を背にして立つ、大きな木だ。高さはそれほどないが横に大きく広がっていた。

マングローブの木を束ねて一本にしたようにも見える。

「『気まぐれな女神の木《エガナディア》』か。青いうちは苦くて食べられないが、黄色くなると酸っぱくなり、赤くなると甘くなって食べごろだ。二日酔いにも効くが、長期遠征の時なんかは食べると身体の調子がよくなるな」

実はまだ青い。

そしてその実の陰に、小さな鳥が無数にいて、その真下には糞《ふん》が散乱していた。

鳥の大きさは鶏卵より一回り大きいくらいだろうか。

「これはさすがに不気味だねえ」

イライダが鳥肌のたった腕をさすった。

「これはまた、無理難題を。なんでこれが九つ星《シプロシカ》なんだか」

「だからいっただろう。……まあ、あまり依頼料を出せなかったんだろうね」

呆れたように呟く蔵人をイライダがたしなめる。

「まあ少し考えてみるさ。ちょっと雑貨屋に行ってくる」

そう言って蔵人は来た道をもどって、大きな一本道沿いにある雑貨屋に向かった。

「ついてきても暇だと思うけど、イライダはどうする？」

「先導者が新人の依頼に怖気《おじけ》づいて逃げるわけにもいかないだろ？」

イライダはニヤリと笑った。

笑うとやはり猛獣を彷彿《ほうふつ》とさせる。

蔵人がそう言ったか言わないかの間に、口だけで笑った不穏なイライダは、容赦なく蔵人の頭にゲンコツを落とした。

第28話　一網打尽

蔵人《くらんど》はジッと見つめていた。

イライダはそれを後ろから眺めながら、今までのどうでもよさげな蔵人の言葉を思い出し、苦笑する。

少なくとも、ハンターに向いていないことはない、と。

蔵人は雑貨屋でインク壺《つぼ》とノートサイズの葉紙を数十枚買い、その場で端に穴をあけてもらって一緒に買った紐《ひも》を通し、雑記帳のようなものを作った。

雑貨屋に置いてあった紙は葉紙、羊皮紙、荒い紙、白布が少量ずつで埃《ほこり》が被っていたが、葉紙以外は高い。

依頼書や受注書の写し、ポタペンコ男爵がよこした魔法式を書いた紙もこの葉が使われていた。

葉紙は乾燥させると紙のような材質になる魔木の一枚葉だが、大きくてもノート程度の大きさにしかならない。

確かに安くて量産がきくが、保存が長くきかない。二年ほどするとボロボロになってしまう。

適切な処置を施せば保存期間を延ばせるが、コストが跳ね上がるので、それならば最初から保存のきく高い紙を使うという。

こちらでは協会で使っていた羽ペンなどのつけペンが主流なようで、蔵人が三剣角鹿《アロメリ》の尾から作った小筆でも問題なく使用できた。

小筆は、魔法教本に書きこみ続け、ついに鉛筆がなくなったとき、蔵人がブラシのついでに作ったものだ。

山ではインクとして、木や骨を焼いて煤《すす》と水を混ぜたものを使ったが、それだけでは薄かったので適当な樹液や松ヤニを混ぜて煮詰めるなど、いくつか試すとなんとか墨の劣化品程度には使えた。

しかし作った墨を持ち歩いているわけもなく、インク壺を買ったというわけだ。

それほど数はないが、辺境の割に品数が妙に豊富であったが、この雑貨屋は協会に紙やインクを卸しているという。

だからといって協会のように邪険にされることはなく、金さえ払えば売ってくれるようだった。

辺境価格だと、雑貨屋本人が笑う。それでも珍しく紙やインクを買うお客さんが嬉《うれ》しいらしく、多少のおまけをしてくれた。


そうして蔵人は、ジッと霧群椋鳥《トゥコルスカ》のいる大樹を見つめていた。

雑貨屋から戻ったあとは、ずっとである。

雑記帳と筆を使う様子もない。

昼を過ぎ、夕方に近づく。

ふと蔵人が口を開いた。

「あの木を揺らすのは問題ないか？　もちろん鳥を傷つける気はない」

イライダは欠伸《あくび》をしていた。

「ん、ああ、傷をつけたり、殺したりしなければ、異常な繁殖行動はしない」

「そうか」

そう言ってまた木を見つめた。

次の日も、また次の日も、蔵人はそうして、霧群椋鳥《トゥコルスカ》を観察した。

イライダもまたそれに付き合った。

酒を片手に、だが。

蔵人は霧群椋鳥《トゥコルスカ》を追って何度村中を歩いただろう。時には村の外にも行った。

二日目、三日目の夜には、霧群椋鳥《トゥコルスカ》が眠る木に揺れる程度の衝撃を与えたり、大きな声で叫んだりもした。

いつしか蔵人の奇行は村中で噂《うわさ》になった。


そして四日目の早朝。

「たぶん、いける」

蔵人がぽつりとそう零《こぼ》した。

遠くから木の見える位置で一緒に野営をしていたイライダが驚きの顔で蔵人を見た。

「まったく……。アタシにここまで付き合わせたんだ、勝算はあるんだろうね？」

蔵人は、雑記帳に絵を描いて説明した。

説明を受けたイライダが感心したように言う。

「アンタ……なんでこんなに絵がうまいんだい」

蔵人が、えっという顔をする。

「そこ？　……趣味だ」

「ハンターが絵ねえ。こんなハンターらしくない奴に協会がキリキリしてるんだから、面白いったらないね。くくく、ぷはははは」

まだ少し、酔っぱらっているらしい。

「ちっ、酔っぱらいめ。で、どうだ？」

「この程度の酒で酔っちゃいないよ。しかし、まあ、……いけるかもしれないねえ」

そう言ってイライダはニヤリと笑った。


蔵人は協会に網を取りに戻り、イライダは周囲の住民に話をしに行った。

高位ハンターとして有名なイライダが説明したほうが、話は通りやすい。

蔵人が無事に一番大きな網を協会から借り、網を抱えながらえっちらおっちら村外れの大樹に戻った。

決行は、深夜、霧群椋鳥《トゥコルスカ》が寝静まったころである。

霧群椋鳥《トゥコルスカ》は村から出ることはない。

正確に言えば、すべての霧群椋鳥《トゥコルスカ》が一度に村から出ることはない。数グループに分かれて水場に行ったり、餌場に行ったり、ねぐらである休息地点で留守番していたりする。

それゆえに村の外に出たところで精霊魔法で一網打尽、というのはできそうになかった。

そして日が落ちる前にねぐらの木にもどり、就寝する。

村の規則や協会の規則、国の規則を守っている限り、殲滅《せんめつ》はなかなか難しいともいえた。

しかし、そこは現代日本にいた蔵人である。


蔵人から頼まれた用事を済ませたイライダが戻ってくると、蔵人に向かって、ニッと笑った。

問題なさそうである。

そして日が暮れる。

月の光もない真夜中。

突然――鼓膜を破りかねない甲高い爆発音が村に轟《とどろ》く。

次いで、網膜ごと焼き尽くすような閃光《せんこう》の爆発が大樹を一瞬照らした。

間髪いれずに大樹を覆い尽くすように網が宙に広がった。

いつのまにか、大樹の周囲にはドーナツ型に水が撒《ま》かれ、それがすぐにうっすらと凍りついた。

影がうねうねと動き、木を駆けずり回る。

そして蔵人とイライダが動きだした。

閃光に使った後も維持しておいた光精《こうせい》を用いて大樹を照らし、木にかかった網の端をすべて幹に集めてくくり、ほおかぶり状態にする。

そして木の枝に引っかかった気絶状態の霧群椋鳥《トゥコルスカ》を、風精《ふうせい》に頼んで、網の下部の撓《たわ》んだ部分に落とす。

そして撓んだ部分に落ちてくる気絶した霧群椋鳥《トゥコルスカ》をそのまま氷精《ひょうせい》魔法で凍らせた。小鳥一匹を凍らせる程度では人など殺せないのだから法律に違反してはいない。

それが終われば、運よく網から逃れはしたが呆気《あっけ》なく墜落し、落ちた途端表面だけ薄く凍らされた霧群椋鳥《トゥコルスカ》にトドメを刺す。

そうしているうちに、今日だけ避難してもらっていた近隣の村人が光と音に驚いたらしく、他の村人をも伴って様子を見にやってきた。

しかし、その顔はまだ半信半疑である。

美人で姉御肌のイライダが頼んだから今日一日は避難したものの、それであのにっくき鳥がどうなるとも思っていないのだ。

村長が幾度も失敗した結果、鳥は増えてしまった。村が出せる報酬では面倒で手間だけがかかるこの依頼を受けてくれるハンターはいなかった。依頼は長く放置され、村人はすでに鳥の退治を諦めてしまっていた。

そんな村人たちの諦念と塩粒ほどしかない期待の混じった視線の中、蔵人とイライダはせっせとトドメを刺して回った。

気絶しているうちにすべて討伐してしまわなければならない。

「なにをしておるっ」

支部長が村人を掻《か》き分けて現れる。

その背後には見慣れない顎鬚《あごひげ》を伸ばした年寄りもいた。

蔵人とイライダは支部長の声が聞こえていないのか、せっせと動き回っている。

眉を吊《つ》り上げた支部長は駆け寄って蔵人の肩を掴《つか》む。

時間との勝負である。蔵人も気を使う暇などない。

「邪魔だ、どけっ」

思いもよらぬ強い力で腕を払われた支部長は、今度はイライダに駆け寄る。

「どういうことだね？」

イライダは蔵人ほど急《せ》いてはいないが、煩わしそうに言う。

「見てわかんないかい？　時間がないんだよ」

そう言ってイライダも作業に戻る。

二人ともに相手にされなかった支部長は、不機嫌な顔でそれを見ているしかなかった。

日が昇りかけた頃、二人はようやくすべてのトドメを刺し、討伐証明部位である嘴《くちばし》を集め終わる。

影を使って残っている鳥がいないか確認し、さらに何度か木をゆすったあと、網を外す。

パッ、と一羽が飛び立った。

そして二羽目。

支部長がニヤリと笑い、後ろの年寄りの顔が青ざめる。

シュッという音がして、最初の霧群椋鳥《トウコルスカ》が落ち、次いで、ぶんっと音がして二羽目の霧群椋鳥《トウコルスカ》が落ちた。

矢を射たイライダが感心したように、ブーメランを投げた蔵人を見ていた。

蔵人は、ブーメランが外れなくて心底よかったと胸をなでおろしていた。

「では、どういうことか説明してもらおうか？　第二級以上の魔法行使が見られるようだが？」

イライダと蔵人は顔を見合わせ、イライダが口を開く。

「どこで第二級魔法が行使されたって？」

支部長は目をさらに細める。

「あの音と光、大きさからいって第二級、まかり間違ったら第一級クラスだ。大勢の人間が見ており、言い逃れはできまい」

「だから、どこで、と聞いているんじゃないか」

「どこもなにも、あの木……どういうことだ」

ようやく朝日が昇りきり、大樹に光が差し込んだ。

確かに霧群椋鳥《トウコルスカ》の死体が積み上げられているが、それ以外は大樹の周りが濡《ぬ》れているだけである。

えぐれた様子もなければ、地面にも大樹にも傷一つなかった。

殺傷魔法である第二級魔法、大規模殺傷魔法である第一級魔法が使われた形跡はどこにもなかった。

「どういうこともなにも、大樹に傷もなければ、第三級魔法以外は使ってない」

「だから、その方法を聞いておるっ」

支部長は怒鳴りつけた。

イライダは肩を竦《すく》めて蔵人を見る。

蔵人はイライダを真似て、わざとらしく肩を竦めた。

「――精霊魔法を使っただけです」

手の内をただで明かすわけがない。

しかも支部長相手に。

支部長は顔を真っ赤にし、何かを言おうとするも言葉が出ず、怒りの矛先を見失って、ついにはこの場を去っていった。

後ろにいた顎髭の年寄りはほころんだ顔で、それでも支部長のあとを追っていった。

事態が呑《の》み込めていなかった村人も、すでに朝日が昇っているにもかかわらず、いつまで経っても霧群椋鳥《トゥコルスカ》が騒ぎださないことに事態を悟る。


一人が歓声をあげた。

それに続くように、その歓声は大きくなっていった。

蔵人が使った方法は単純である。

現代日本でいうスタングレネードを精霊魔法で行ったのだ。

風精《ふうせい》で爆音を、光精《こうせい》で閃光を過剰に再現した。

網の操作と風精《ふうせい》での探査はイライダが行ったが、それ以外は蔵人がやった。

爆音、閃光、水撒き、氷結、探査影をこなして、さすがの蔵人も魔力が枯渇寸前であった。

なぜこの方法を誰も行わなかったのか。

理由はいくつかあるが、とイライダは言う。

まず、そんな方法で霧群椋鳥《トウコルスカ》が気絶するとは考えなかったのが一つ。

わざわざ精霊魔法を用いて、一匹なら十つ星《ルテレラ》でも殺せるような魔獣を、あえて殺さないで確保する方法を考える者がいなかったというのが一つ。精霊魔法の使い方は殺傷能力の高いものと生活や仕事に使うものが主流でその中間の使い方はあまりしないのだという。

そしてもう一つは、いくら殺傷能力のない、第三級魔法の延長だとしても、あの爆音と閃光は魔力をかなり必要とする。

その上、それと同時に風精《ふうせい》で網を広げ、水精《すいせい》で水撒き、氷精《ひょうせい》で氷結させ、闇精《あんせい》で影を使って探査までするとなると、蔵人のように魔法を並列行使できる者がそうそう見つからない以上、何人もの魔法に長《た》けたハンターが必要となってしまい、コストがかさんでしまう。

費用対効果が釣り合わないというわけだ。

「アンタ、なにやってんだい。食べるつもりかい?」

蔵人は霧群椋鳥《トゥコルスカ》の羽を毟《むし》りながら、イライダの話を聞いていた。

「うまいのか？」

「マズイ上に、それはたいして血抜きもできてないだろ、やめておきな」

「なら食べはしないが、ちょっとな」

そう言って毟った羽毛を袋に詰め込んでいった。

「夕方からは飲むからね、遅れるんじゃないよ」

「また飲むのか」

「今からひきずっていってもいいんだよ？」

腰に手をやって見下ろすイライダ。

「アタシが先導者になって、アンタが初めてやった依頼の打ち上げだ。もちろんアタシのオゴリだよ。――ウマイ酒なら飲むんだろ？」

ちゃんと来るんだよ、と言って幾人かの村人とその場を去っていった。

おそらく今から酒場に行くつもりなのだろう。

蔵人はため息をついて、それでいて少し嬉しげに鳥の羽を毟っていた。

霧群椋鳥《トゥコルスカ》の羽で、羽毛枕を画策なんてするんじゃなかったと蔵人はどっと疲れたような顔をしていた。

ひどい手間がかかって、少し大きめの枕一つ分しかなさそうなのだから、余計に疲れてくる。

霧群椋鳥《トゥコルスカ》の生き残りを確認する、そのついでに羽を毟っていただけなのだが、どうせなら全部と考えたのが間違いであった。

ちなみに、生き残りはいなかった。

そしてついさっき霧群椋鳥《トゥコルスカ》の嘴を協会に渡して、依頼を完了した。

無意識だろうが片手で胃をおさえる鉄面皮の職員を見て、清々《すがすが》しい気持ちになったのは否定しない。その場でからかってやりたくなったくらいである。

五百二十羽で、五百二十ロド（約五万二千円）となった。

蔵人はその足で、酒場に向かう。村に酒場は少ない。

一番騒がしい酒場に、イライダがいる。

蔵人はすぐに酒場を見つけた。

「おっ、来たね」

すでにイライダの前には空瓶が転がっていたが、ほろ酔いにしか見えない。

周囲では村人の飲めや歌えやの大宴会が出来上がっていた。人のオゴリとは遠慮がなくなるものである。

それを横目にしながら、イライダの向かいに座り、蔵人が依頼の金の半分をイライダに差し出す。

「ん？　ああ、それか。先導者には一割でいいんだ」

「いや、イライダがいなければどうにもならなかった。受け取ってくれ」

「ん〜、面倒だな。よし、今日の飲み代に使ってやる、飲め」

イライダは蒸留酒《ヴォギラ》の注がれたジョッキを蔵人の前にすべらせた。

蔵人は金をテーブルに置き、それを一口舐《な》める。

「みみっちい飲み方しやがって……まあ、約束だしな」

イライダはそう言って蒸留酒《ヴォギラ》を瓶ごとを持ち上げる。

蔵人もそれに合わせてジョッキを持ち上げ、コンとぶつけた。

二人は瓶とジョッキを軽く口にした。

イライダが瓶をテーブルに置いて、呟《つぶや》いた。

「アンタにはもう、先導者はいらないね」

閑話1　匂いと序列

この日、雪白《ゆきしろ》は洞窟で留守番をしていた。

初めて迎えたアレルドゥリア山脈の温暖期、育て親でもある蔵人《くらんど》は長い冬に備え、勇んで外に繰り出したが、岩場ですっ転んだり、毒草を食べようとしたり、果ては大棘地蜘蛛《アトラバシク》に追われたりと、ひどいものであった。

雪白がいなければ今頃は蜘蛛《くも》の餌食となっていただろう。

ゆえに山での活動は完全に雪白が主導権を握り、いつも一緒に行動していた。

しかし、短い温暖期は終わろうとしている。

このままひとりで行動することなく温暖期を終えてしまっては蔵人のためにならないと考えた雪白は、蔵人を単独行動させることにした。

そんなわけで雪白は洞窟でたったひとり、なにするともなく寝そべっていた、というわけである。

退屈だった。背中の痒《かゆ》さに地面を転がって、背中をこすりつけたりもした。

尻尾が蔵人に当たる心配をする必要はなかったが、蔵人がいないだけで洞窟は随分と広く感じた。

まだ痒い。ブラシを、と思うが蔵人はいない。

なんとなく、つまらなかった。

雪白はむくっと起き上がり、洞窟の隅の大事なものを置いてある一角から、薄汚れた布をひっぱりだした。

幼い頃の雪白を包《くる》んでいた蔵人のタオルである。

自分と蔵人の匂いが染みついたそれは、大きくなった身体を包むことはもうできなかったが、今でも雪白の宝物であった。

雪白はタオルに鼻をつっこむ。

そのまま鼻をすぴすぴさせると、蔵人の匂いが鼻いっぱいに広がった。

ふと、本当にもう包まれることはできないのか、実はまだいけるのではないか、そんな風に思った雪白はタオルと格闘を始めた。

鼻をつっこんだタオルにさらに頭をつっこむが、タオルは頭にちょんと乗るだけだった。

小癪《こしゃく》なっ、と顔の横に垂れたタオルの前脚でひっぱると今度はするりと落ちてしまった。

雪白は前脚、尻尾、頭を駆使して洞窟を転がり回り、なんとか小さな頃のようにタオルに包まれようとするが、もう中型犬ほどになった雪白では手ぬぐいサイズのタオルに包まれることはできなかった。だが、次第に目的が変わっていく。

転がっていくうちにタオルに染みついた蔵人の匂いに夢中になってしまった。

雪白はタオルを抱え、時間を忘れて地面を転がり回った。


「……なにやってんだ、雪白」

予定より早く帰ってきた蔵人が小さな獲物をぶら下げて言った。

雪白はその声にハッとする。だがそれも一瞬のこと。すぐさま身を起こして尻尾でタオルを隠すと、何事もなかったように澄ました顔で蔵人を出迎えた。

だが、蔵人はじっと澄まし顔の雪白を見つめていた。

何を言うわけでもなく、凝視していた。

雪白はぷいとそっぽを向く。

奇妙な沈黙が流れる。だがしばらくすると雪白は恥ずかしさのあまりその視線に耐えきれなくなり、洞窟の出入り口に一目散に駆けていった。

残された蔵人は、どこか落胆したような顔で初めての獲物である潜り兎《うさぎ》を囲炉裏《いろり》の近くに置いた。

初めてひとりで狩ることのできた獲物。

蔵人がじっと見ていたのは、雪白が喜ぶかなと反応を待っていただけであった。

日はすっかりと暮れてしまったが、雪白は帰ってきていなかった。

とはいえ、蔵人は何も心配はしていない。

昨日までは蔵人が外に出るときは常に雪白が一緒にいたが、雪白はたまにひとりで洞窟を離れることがあった。だがしばらくすれば傷らしい傷もなく洞窟に帰ってくるのだ。

自分よりもよっぽど頼りになる。蔵人はそう思っていた。

そんなことを考えていると、洞窟の出入り口から一瞬だけ風が吹き込み、そして雪白が帰ってきた。だが、その姿は泥まみれであった。

何をしていたのかわからないが、それでも雪白の表情は満足げである。

飛び出したときのなんともいえない機嫌の悪さはどこにもなかった。

人が必死に獲物を狩り、それを見せればつまらない顔をして外に飛び出し、帰ってきたと思ったら泥遊びのほうが楽しかったとでも言いたげな表情を見せる雪白。

なんともいえない苛立《いらだ》ちを覚えた蔵人の心に、小さな悪戯心《いたずらごころ》が芽生えたのを誰が責められようか。

「――泥だらけだぞ、洗ってやる」

いまだ雪白は氷や冷気を扱うことしかできなかった。

いつもは風呂のついでに蔵人が洗ってやるのだが、今の蔵人はあることを画策していた。

洗うという言葉から風呂を連想したらしく、綺麗好《きれいず》きな雪白は素直におふろっ、おふろっとウキウキした様子で風呂場に向かう。

尻尾をぴんと立ててご機嫌な雪白を騙《だま》すようで非常に心苦しいのだが、と思ってもいない言い訳を心の中でしながら、蔵人はニヤニヤするのを止められなかった。

風呂場では雪白がちょこんと座って蔵人を待ち構えていた。

「動くなよ？」

いつもと違う蔵人の様子に首を傾《かし》げながらも、雪白は蔵人に従った。

ちょこんと座る雪白が、突然、水の球体に閉じ込められる。そしてそのまま洗濯機よろしくぐるぐると洗われ始めた。

水球の中でもみ洗いされる雪白を見て、くっくと笑う意地の悪い蔵人。

日本でなら動物虐待と言われてもおかしくはなかったが、悪戯されて大人しくしているような雪白ではない。

洗濯が終わると、ずぶ濡《ぬ》れでどこかボロッとした雪白が姿を現した。

白毛からポタッ、ポタッと水が滴り落ちる。

ギラリ。

蔵人を睨《にら》む灰金色の小さな瞳。

タシン、タシンと地面に打ちつけられる長い尻尾。

雪白はずぶ濡れのまま蔵人にとびかかった。

小さいながらもその長い尻尾で蔵人の首を絞めつけ、頭にかじりつく雪白。

それをなんとか引っぺがそうとする蔵人。

これから先、何度も繰り広げられるふたりの肉弾戦は、この日から始まったといっても過言ではなかった。


十数分後。

風呂場に倒れ伏す蔵人。ふんと鼻を鳴らしてから悠々とその場をあとにする雪白。

この日、狩り以外でも蔵人と雪白の立場は完全に逆転した。

閑話2　残されたアカリ

行ってしまった。

アカリは山を下りていく蔵人《くらんど》の背を見つめていた。

生徒に加護を盗まれ、その存在すらも暗黙のうちに秘匿されたというのに、自分のためにマクシームさんと連絡を取ってくれようとしている。

自分の願いは漠然とし過ぎていたせいか、何も叶《かな》わなかったが、用務員さんはおそらく、転移場所の変更を強く願い、こんな辺境の山奥に転移した。

どれだけ強く願ったのだろうか。

どれだけ自分たちから離れたかったのだろうか。

夢か現実かわからない、しかし確かに極限状態であったその中で、信じられるはずの日本人に裏切られたのだから、そう願っても当然である。

だが、それでもなお助けてくれようとする蔵人にアカリは我が身の不甲斐《ふがい》なさもあって、涙がこぼれそうになった。

同時に、ほっとした。すると押し殺していた強い疲労感と眠気に、アカリはクラッと強いめまいを起こす。

『不安定な地図《レーダーマップ》と索敵』があるとはいえ一睡もせずにアレルドゥリア山脈を登ってきたのだから

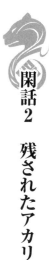

疲労困憊《こんぱい》であってもおかしくはない。

だがそんな時、蔵人が手を差し伸べてくれた。

今まで張りつめていた緊張の糸が安堵《あんど》とともに緩んでしまったのは仕方がないといえた。

アカリはおぼつかない足取りでなんとか洞窟の奥に戻り、そこでぱたりと横になった。

アカリが目を覚ますと、灰金色の双眸《そうぼう》がじっとこちらを見つめていた。

背筋にひやりとした緊張が走るが、それも一瞬のこと。

雪白《ゆきしろ》は興味なさげに視線を外し、寝そべった。

アカリがふと視線を手元に落とすと、兎《うさぎ》、それもこの高山域に生息する潜り兎が置いてあった。

「これを私に？」

聞いてみるが雪白は何も答えない。

触らせてほしいなぁ、ふかふかした雪白の毛を見ながら、少し寝ぼけているアカリはそんなことを思ってしまう。

おいしいものを作ったら触らせてくれるかな。

アカリは手元にあった潜り兎を見つめ、眠気を振り払うようによしっと一つ気合いを入れた。

作るのはマクシーム直伝のハンター料理である。日本ではほとんど料理など作ったことのなかったアカリができる唯一の料理であった。

だが料理とはいっても、あるのは潜り兎の肉と野草、手元にあった塩の塊くらいである。

アカリはそれでもせっせと料理を始め、精霊魔法も駆使して、丸焼き兎の香草詰めを作り上げた。

匂い消しに使った野草を兎の腹から抜き出し、肉を一口大に切って、その半身分を雪白の前に差し出してみる。

雪白は耳をぴくりと動かし、わずかに鼻をこちらに向け、すぴすぴと動かした。

もしかしたら触れるかもしれない。アカリはかすかな希望の光が見えた気がした。

だが――。

雪白はぷいっと鼻をそらし、再び寝そべってしまった。

遠のく、もふもふ。

アカリは地面に両手両膝をつけて、項垂《うなだ》れた。

MFブックス

用務員さんは勇者じゃありませんので 1

発行 2015年2月28日 初版第一刷発行

著者 棚花尋平
発行者 三坂泰二
編集長 金田一健
発行所 株式会社KADOKAWA
〒102-8177 東京都千代田区富士見2-13-3
0570-002-301（営業）
年末年始を除く平日10:00～18:00まで
編集 メディアファクトリー
0570-002-001（カスタマーサポートセンター）
年末年始を除く平日10:00～18:00まで
印刷・製本 株式会社廣済堂
ISBN 978-4-04-067415-5 C0093

Printed in JAPAN
http://www.kadokawa.co.jp/

企画 株式会社フロンティアワークス メディアファクトリー
担当編集 辻 政英／下澤鮎美／小寺盛巳（株式会社フロンティアワークス）
ブックデザイン 株式会社TRAP（岡 洋介）
デザインフォーマット ragtime
イラスト 巖本英利

本書は小説投稿サイト「小説家になろう」（http://syosetu.com/）初出の作品を加筆の上書籍化したものです。

ファンレター、作品のご感想をお待ちしています

宛先
〒150-0002 東京都渋谷区渋谷3-3-5
株式会社 KADOKAWA MFブックス編集部気付
「棚花尋平先生」係 「巖本英利先生」係

二次元コードまたはURLご利用の上
本書に関するアンケートにご協力ください。

http://mfe.jp/zhd/

●スマートフォンにも対応しております（一部対応していない機種もございます）。
●お答えいただいた方全員に、作者が書き下ろした「こぼれ話」をプレゼント!
●サイトにアクセスする際や、登録・メール送信時にかかる通信費はご負担ください。

マクシームの帰還。
そして始まる、アカリの命を賭けた事実の証明――。
用務員さんは勇者じゃありませんので 2巻
2015年春頃発売予定!!